# 約會大作戰 4 妹妹五河

DATE A LIVE Sister ITSUKA

「切斷吧——〈灼爛殲鬼〉！」
Camael
第四精靈——五河琴里

「──抱緊我。」
士道的同班同學──鳶一折紙

「士道，這……這件適合我嗎……？」
精靈──十香

「——嘖，士道。不要妨礙我。」

「折紙！住手！住手呀！」
高中生——五河士道

『……請……加油。』

精靈——四糸乃

## CONTENTS

# 約會大作戰

## 妹妹五河

橘 公司
Koushi Tachibana

Kadokawa Fantastic Novels

封面・內文插畫　つなこ

精靈
THE SPIRIT
存在於鄰界，被指定為特殊災害的生命體。發生原因、存在理由皆為不明。
現身在這個世界時，會引發空間震，給周圍帶來莫大的災害。
再者，其戰鬥能力相當強大。
處置方法1
WAYS OF COPING 1
以武力殲滅精靈。
但是如同上文所述，精靈擁有極高的戰鬥能力，所以這個方法相當難以實現。
處置方法2
WAYS OF COPING 2
——與精靈約會，使她迷戀上自己。
妹妹五河
Sister ITSUKA
SpiritNo.5
AstralDress-EfreeType Weapon-HalberdType[Camael]

# 第六章　穿越時空的火焰

來禪高中的屋頂，現在正被陰影所籠罩。

這不是一種比喻。現在是下午五點，雖說是太陽開始西沉的時刻，但是天色依舊光亮。而且那顆恆星與地面之間，幾乎看不見任何阻擋陽光的雲朵。

話雖如此，五河士道目前的所在位置，簡直就像是從周圍景色被隔離開來般，一整片的暗色蟠踞其中。

現在可以清清楚楚地看出一件事情——那代表著，士道一行人正佇立於摧毀世界的災難所張開的血盆大口之上。

還有——只要影子的主人性情反覆無常或心血來潮，又或者意外出個錯，便能輕而易舉將所有存在吞噬殆盡——這個領域所擁有的危險性。

「……！」

待在與世界隔絕的空間之中，士道睜大眼睛並且感到呼吸困難。

別說是轉身了，士道的身體就連動也動不了。不僅如此，甚至連說話都有困難。

理由非常簡單。因為士道現在正被好幾名少女束縛住手腳以及身體，而且整個人被按倒在地面上。少女們還小心翼翼地將纖細的手指伸進士道的嘴巴裡，固定住士道的下顎與舌頭。

——顯而易見的異樣光景。

屋頂出現了好幾名黑衣少女。她們全都擁有相同的容貌。

將黑色頭髮綁成左右髮量不均等的雙馬尾、過於白皙而顯得有點病態的肌膚。還有——擁有錶盤以及指針，如同時鐘一般的左眼。

毫無疑問的，那些少女全都是名為「時崎狂三」的那個人。

附近可以看見十香與折紙的身影。與士道的處境相同，兩人都被好幾名狂三抓住而不能動彈，臉上充滿痛苦的表情。

從士道的所在位置雖然無法看清楚情況，不過剛剛被擊落的真那，現在應該是位於由狂三形成的人牆的另一側吧。

窮途末路。我方已經完全喪失戰鬥能力，而且還得面臨兵力懸殊的困境。

——但是……

「啊……」

在這種情況下，士道卻完完全全被別的東西奪去了目光。

處於舌頭被手指夾住的情況下，士道只能勉強從喉嚨擠出含糊不清的話語。

就在狂三高高舉起單手，打算發動空間震的瞬間……

「那個」出現在士道一行人的上方。

剛開始時，那個——看起來就像太陽一樣。突然出現在天空中的熊熊火焰，照亮了連真正太陽都無法照映的影子領域。

單憑這一點，就足以吸引士道的目光了。

但是……在看清那團火焰本體的瞬間，士道感受到一股猶如電流流過腦幹般的衝擊。視野內火光四散，腦袋深處產生劇烈疼痛。感覺就好像是腦袋正在抗拒眼睛所看見的致命情報一般。

「那個」是一名少女。

一名身材嬌小、全身上下纏繞著火焰的少女，正佇立在天空中。

身穿衣袖從中間變換成搖曳火焰的白色和服，繫著如同天女羽衣般的炎熱腰帶。然後，頭部側面則是延伸出兩支冰冷堅硬的角。

那種姿態、那種力量，全都如實地顯示出少女並非人類的事實。

——精靈。摧毀世界的災難。

在士道所擁有的知識當中，除了上述的那句話，沒有其他字詞可以形容眼前的少女。

不——正確來說，其實還有另一個形容詞。

士道知道一個足以代表少女身分的名字。

「即……哩……」

他在舌頭無法動彈的狀態下，唸出這個名字。

琴里。五河琴里。士道不可能會認錯與自己共度好幾年光陰的少女的容貌。

無論怎麼看，這名精靈都與士道的妹妹——琴里長得一模一樣。

「……威折麼……」

士道困惑地皺起眉頭。琴里是士道的妹妹。所以理所當然的，她不可能會是精靈，而是人類才對。

但是，如今呈現在眼前的光景，卻全盤否定了這種想法。

而且，不僅如此……

即使士道拚命否認……但內心卻隱隱約約察覺到自己似乎曾經在某處看過琴里的這副模樣。

雖然模糊不清的記憶讓自己想不起詳細情形，但是當士道看見琴里的那一瞬間，有一股宛如爆炸般的感覺在腦中擴散開來。沒錯，那個確實是——

「……妳是誰呀？」

然後，前方突然傳來這個聲響，打斷了士道的思考。

背上背著巨大時鐘，右手拿著長槍，左手緊握短槍的狂三，不悅地皺起眉頭瞪視著飛在半空中的琴里。

「可以請妳別礙事嗎？現在好不容易來到最緊張刺激的時刻呢。」

「真是抱歉，但是我不能讓妳為所欲為。妳做得太過分了唷。跪下吧。從現在開始是愛的懲罰時間。」

琴里將出現在右手的巨大戰斧扛到肩膀上，從鼻間哼了一聲。

完全沒有料想到琴里會說出這番話的狂三，露出了目瞪口呆的表情。過了一會兒之後，又立即表現出難以按捺的模樣大笑出聲。

「哈……哈嘻嘻嘻……嘻嘻嘻嘻嘻嘻嘻……真是有趣呀。懲罰……嗎？妳？要懲罰我？」

「沒錯。如果不想被打屁股的話，現在馬上給我乖乖地把分身與天使收起來。」

琴里說完後，狂三像是覺得相當可笑般地笑出聲來。站在周圍的無數名狂三們也配合她的反應，做出捧腹大笑的舉動。

「嘻嘻嘻……嘻嘻。妳似乎對自己的力量很有自信呀。但是，過於自信可是會招來自我毀滅的後果唷！我的〈刻刻帝(Zaphkiel)〉——」

「別再說廢話了，快點放馬過來吧！黑豬！」

琴里不耐煩地嘆了一口氣。然後，原本笑得很開心的狂三，臉頰忽然抽動了一下。

布署在屋頂四周的無數名狂三，不約而同地瞪向半空中的琴里。

而與此同時，前方響起痛苦的悶聲。十香與折紙似乎因為被狂三的分身打中延髓而昏倒了。

「很好。我就在一瞬間——將妳全部吞噬掉吧！」

狂三放聲大喊。瞬間，原本擠滿屋頂的狂三的分身體一起蹲了下來，然後跳到高空中，往琴里的方向逼近。

大量的黑色影子朝著天空發射出去。與其說是猛攻或偷襲，倒不如說那是接近於毫不留情地使用機關槍掃射或是散彈槍連射的攻擊方式。她們是無數名利用壓倒性數量來擊潰對方的殘暴惡魔。這些人型巨大彈頭接二連三地逼近琴里。

「——哼！」

不過，琴里不耐煩地哼了一聲之後，慢慢舉起原本扛在肩膀上的戰斧。

足以將空氣燒得焦黑的火焰，盤結在長度遠遠超過琴里身高的漆黑棍棒前端，最後構成刀刃的形狀。在隨著琴里的動作畫出紅色軌跡的同時，散發出更加耀眼的光芒。

「——〈灼爛殲鬼(Camael)〉！」

接下來，就在人數眾多的狂三逼近眼前的那一瞬間，琴里冷靜地如此說道。然後琴里以驚人的氣勢朝著前方揮舞火焰戰斧。切開風壓的聲響，直接傳到了士道的所在位置。

「啊哈哈哈哈！沒用的！」

狂三再次以大笑來回應這個舉動。

雖然那是一把巨大的戰斧，但是也不可能同時擊倒從四周蜂擁而來的好幾名狂三。就算殲滅了幾名位於前方的分身體，不難想像其他名狂三應該馬上又會在下一瞬間展開攻擊吧。

但是……

「嘻咿咿——咿……？」

突然，狂三的笑容扭曲了。

因為就在琴里揮舞〈灼爛殲鬼〉的那一瞬間，從前端生長出來的火焰刀刃搖晃了一下——與此同時，朝琴里的方向逼近而來的無數名狂三的頭、手臂、上半身等部位，都在同一時間飛向空中。

「啊……咦……？」

無數名狂三凝視著自己被切離的部位，發出驚訝的聲音。下一瞬間，全部的人就被火焰包圍，在碰觸到地面前被燃燒殆盡。

「…………」

琴里沉默不語地往下方——也就是士道的方向看過去，然後再次揮舞〈灼爛殲鬼〉。接下來，火焰如同蛇般向前竄去，切斷包圍在士道身邊的狂三們的身體。

伴隨著一陣悽慘哀號聲，加諸在身上的負荷消失了。

「——！」

士道吐出原本插進嘴裡的手指之後，不斷咳嗽。
接著，和剛剛相同，火焰開始包覆被〈灼爛殲鬼〉所切斷的狂三們的身體。
「嗚，好燙……！」
士道連忙起身，啪答啪答地拍落掉在制服上的火星。
然後，琴里從天空中緩緩降落在士道與狂三之間的地面上，將手上的〈灼爛殲鬼〉對準狂三
——看起來就像是在守護著士道。
「琴……琴里……這到底是——」
「現在乖乖聽從我的指示，士道。如果可以的話，趕快抓緊時機逃離這裡。因為現在的你
——很容易就會喪失性命。」
「啊……？妳的話到底是什麼……」
不過，從前方傳來的狂三的大笑聲卻打斷了士道的提問。
「嘻嘻……嘻嘻嘻嘻嘻嘻嘻嘻……！妳還滿厲害的嘛！」
手握槍械的狂三挑了挑眉，揚起嘴角。
「不～過～妳該不會以為事情會就此落幕吧？」
說完後，她便在巨大錶盤之前擺出手持雙槍的姿勢。
士道屏住呼吸。沒錯。狂三即將再次召喚出天使——操控時間的〈刻刻帝〉。

「琴里，小心一點，那是……！」

「呵呵，士道，請你不要做出不解風情的──舉動唷！」

說完後，狂三把從〈刻刻帝〉的「I」錶盤滲出來的黑影填裝進手槍中，接著朝自己的太陽穴開了一槍。

瞬間，狂三的身影突然如雲霧般消失不見了。

然後，就在狂三做出這個舉動的同時，琴里突然將〈灼爛殲鬼〉舉到頭頂。過沒多久，從那個位置傳來尖銳的聲響，〈灼爛殲鬼〉微微振動著。

眼前是剛才──狂三與真那戰鬥時就曾經看過的光景。〈刻刻帝〉的【一之彈(Aleph)】。能夠讓擊中對象的時間加快的子彈。

狂三以連影子都追不上的速度，不斷對琴里展開猛烈攻勢。

但是琴里的〈灼爛殲鬼〉的火焰刀刃卻迅速地移動著，將所有肉眼無法看見的攻擊都一一擋了下來。

「啊哈哈哈哈哈！好厲害呀！好厲害呀！不愧是顯現出天使的精靈──真是令人興奮呀，真是令人興奮呀！」

「哼……！真是煩人。妳如果還是名淑女的話，就應該表現得矜持一點吧！」

琴里將棍子以橫砍的方式揮出去，接著如此說道。此時，士道終於看見被〈灼爛殲鬼〉擊飛的狂三身影。

飛躍到空中的狂三維持不穩定的姿勢嘻嘻笑出聲，然後握緊槍枝並且大聲喊道：

「多謝妳的忠告呀。既然如此，我就如妳所願，以端莊的淑女舉動殺死妳吧。〈刻刻帝〉

──【七之彈(Zayin)】！」

於是，一抹影子從〈刻刻帝〉的「Ⅶ」飛了出來，然後被吸進狂三的槍口中。

接下來，在狂三扣下扳機的同時，漆黑的子彈一邊描繪出軌跡一邊朝琴里的方向逼近。

無論是從姿勢、速度、距離等各方面來看，這都是讓人來不及躲避的一擊。但是琴里的〈灼爛殲鬼〉卻以火焰刀刃打落這發子彈。

「琴里！」

但是──不行呀！士道下意識地大叫出聲。

【七之彈】。那是先前狂三用來擊敗真那的最強招式。無論是成功防守或將子彈打落，都無法化解攻勢。因為在接觸子彈的那一瞬間──

「呼呼……啊哈哈哈哈哈哈！」

伴隨著狂三的笑聲，琴里的身體突然靜止不動了。

除了手腳之外，就連夢幻飄逸的靈裝衣袖、〈灼爛殲鬼〉的刀刃以及頭髮的髮稍等，都依舊處於飛躍在空中的狀態並且靜止在原地。

「呼呼呼！不管力量再怎麼強大，只要被人箝制住的話就沒有任何意義了吧？」

就在狂三說話的同時，倖存於周圍的無數名狂三一起擺出持槍姿勢，瞄準琴里後扣下扳機。

「住手——」

士道根本來不及制止。狂三們發射出去的子彈已經殘酷地射進琴里的身體。子彈在她細嫩的肌膚上，刻畫出許多慘不忍睹的彈痕。

「那麼，再見了。」

最後，發射出【七之彈】的那名狂三站到琴里面前，將槍口抵住琴里的眉間之後，毫不猶豫地扣下扳機。

下一瞬間，琴里的身體恢復了動作。

「……！」

從刻畫在琴里全身上下的傷口處，一起噴出了鮮血。但是，琴里還來不及做出反應，眉間就承受了在極短距離所發射出去的最後一擊，嬌小的身體因此以仰躺的姿勢倒在原地。

「琴里……！」

士道發出哀號聲之後跑上前去，想要將倒在地上的琴里抱起來。

但是，士道卻無法做到這件事情。因為全身被狂三的子彈貫穿、沉沒在大量血海中的琴里的身體，已經變得破爛不堪，彷彿輕輕觸碰就會全部瓦解似的。

不具有一絲絲生存希望的慘狀。看見妹妹面目全非的樣子，士道表情茫然地將雙手撐在地上。

「啊……啊……」

「呵呵呵……呵呵呵呵呵呵，啊啊……啊啊……結束了呀。好不容易才遇見強敵。世間無情呀！世間無常呀！」

狂三彷彿在演戲般地不停轉圈，同時發出鄙夷的笑聲。

「好了、好了，接下來輪到士道了。我──」

此時，狂三突然停止說話。

她露出驚訝的表情，凝視著仰躺在地上的琴里。

跟隨狂三的視線往琴里的方向看過去，士道也露出了目瞪口呆的表情。

「這……是──」

他驚訝地，脫口說出這句話。因為從刻畫在琴里全身上下的無數彈痕之處竄出來的火焰，彷彿要舔噬全身般地逐漸蔓延開來。

士道曾經見過這個景色。不，正確來說──是親身，體驗過。

「……真是的，一點兒都沒有手下留情呀。」

琴里利用後腳跟為支點，以極為不自然的姿勢起身。

火焰經過之後，傷口、血跡甚至是靈裝的破損處，一切都消失得無影無蹤。

完全看不出琴里在瞬間之前還身負著瀕死重傷。幾乎讓人以為剛剛所受到的攻擊只是士道的錯覺般，琴里若無其事地，做出幾次往左右兩邊微微歪頭的動作。

「什——」

似乎是被眼前的景象嚇到了，狂三往後退了一步，同時皺起眉頭。

察覺到狂三的反應，琴里重新舉起〈灼爛殲鬼〉，然後瞪視著狂三。

「對我而言，如果妳能因此嚇到全身發抖而喪失戰鬥意志的話，那就再好不過了。」

「……哼，請妳不要——戲弄我！」

狂三仰起身子，將拿在雙手中的槍口朝向背後。

於是，狂三左眼的時鐘開始高速旋轉，影子接連不斷地從〈刻刻帝〉的「Ⅰ」錶盤滲出來，然後被吸進狂三的槍中。

「【一之彈】……！」

狂三如此大聲叫道，然後連續扣下雙手握著的槍的扳機。依然留在屋頂的其他名狂三，紛紛被【一之彈】所擊中。

在發射出數十發【一之彈】之後，狂三將槍口對準自己，扣下扳機。

「——嘖！」

琴里不耐煩地彈了個響舌，接著突然將左腳踢向後方，直接命中士道的側腹。

「嗚呃……！」

感受到一陣突如其來的衝擊，士道在發出滑稽叫聲的同時，被踢到了後方。在背部與後腦杓摩擦地面的情況下，好不容易才停止了滑行。士道一邊摸著頭一邊站起身，然後大聲說道：

「妳……妳在做什——」

不過，士道最後還是沒有說出責難的話語。

因為獲得驚人速度的好幾名狂三，像是要將琴里包圍起來般，快速地在空中來回飛行，並且不斷對著琴里拳打腳踢以及開槍射擊。

沒錯。狂三們利用【一之彈】的力量而大幅提昇速度，但是在她們的猛烈攻勢到達之前，琴里消耗了一個珍貴的應對機會，讓士道逃到安全範圍。

「切斷吧——〈灼爛殲鬼〉！」

琴里大聲咆哮後，〈灼爛殲鬼〉的刀刃體積膨脹了好幾倍，整體朝更寬廣的範圍延伸而去。

無數名狂三一個接一個地被火焰刀刃橫砍、剖開、貫穿，身體因此化成了灰燼。

「嗚……」

伴隨一聲痛苦呻吟，狂三從琴里周圍逃了開來。

狂三似乎被〈灼爛殲鬼〉的攻擊打中了。從肩膀到腹部的範圍，出現一道慘不忍睹，既像火傷又像刀傷的奇特傷痕。

「妳這傢伙……到底——是誰呀！」

狂三迅速地舉起手槍，大聲叫道：

「〈刻刻帝〉——【四之彈(Dalet)】！」

同一時間，由標示著「Ⅳ」的〈刻刻帝〉錶盤所放出的影子，被注入到狂三握著的手槍中。

接下來，狂三將槍口對準自己的太陽穴並且扣下扳機。就像是時光倒轉般，狂三身上的傷痕逐漸消失。

與此同時，在琴里周圍來回飛翔的狂三分身們全被燃燒殆盡，化成灰燼並且隨風消散。

「哎呀，結束了嗎？比我想像中的還要簡單呀！其實妳再稍微認真一點也無所謂唷！」

琴里將戰斧扛在肩膀上，同時哼了一聲。

聽見這句話，狂三將臉扭曲成相當恐怖的表情，緊咬牙齒。

「我會讓妳——後悔說過那句話！〈刻——刻——帝〉……！」

說完這句話之後，狂三的左眼在瞬間以至今從未見過的高速開始旋轉。

「嘖！我不會讓妳稱心如意的……！」

似乎察覺到對方的異樣，琴里將〈灼爛殲鬼〉高舉至頭頂。但是——

「————啊！」

從喉嚨發出微弱的，真的是非常微弱的聲音之後，當場跪倒在地。

她將〈灼爛殲鬼〉的刀柄當成拐杖般地拄在地上，努力撐起身子，同時用另一隻手痛苦地按住腦袋。

「嗚……這……這是……」

「琴……琴里！」

雖然不明白到底發生了什麼事情，但是士道可以輕而易舉地看出琴里陷入了困境。因此不自覺地大叫出聲。

「啊哈哈哈哈哈哈哈哈哈哈！妳的好運就到此為止了……唷！」

狂三高聲大笑，然後將填裝好〈刻刻帝〉子彈的長槍瞄準琴里。

「嗚——」

還來不及思考，士道就已經衝上前去。完全不知道剛剛填裝進狂三槍中的子彈擁有什麼能力。但是，不難想像那應該是足以奪取琴里性命的必殺一擊。

在狂三扣下扳機的瞬間，無論如何都要抱住琴里的身體並且避開那枚子彈。如果失敗的話，最壞的情形就是將自己的身體當成肉盾……！

——但是……

「…………」

就在狂三瞄準琴里的瞬間，琴里突然迅速地站起身來。

「呃，琴里！妳沒事吧！」

雖然士道提出這個疑問，但是琴里並沒有回答問題。

只是靜靜的——以閃閃發光的鮮紅眼睛瞪視著狂三。

不知為何，理當見慣的那張容貌，現在看起來簡直就像是士道完全沒見過的陌生少女般。

「琴……里……？」

琴里高高舉起〈灼爛殲鬼〉，然後鬆開了手。

接下來，〈灼爛殲鬼〉的刀刃消失在空氣中，只剩下棍棒部分在原地靜止不動。

「〈灼爛殲鬼〉——【砲(Megiddo)】！」

似乎在回應琴里的聲音般，失去刀刃、僅剩下棍棒的〈灼爛殲鬼〉開始產生變化。

〈灼爛殲鬼〉將刀柄部分收納於本體後，以包覆手臂的方式裝備在琴里高舉的右手上。

從手肘開始到指尖都被巨大棍棒所覆蓋的琴里，把裝備前端對準了位於半空中的狂三。

——那個模樣，看起來就像是架設在戰艦上的大砲。

〈灼爛殲鬼〉將表面展開來，然後散發出紅色光芒。

接下來，原本圍繞在琴里周圍的火焰全都被吸進了那個裝備的前端。

「————！」

看見琴里的樣子，將槍口瞄準琴里的狂三不禁皺起眉頭。至今為止從未見過的表情。如果利用士道所擁有的知識與語彙，來做出相對應的形容——那應該是接近於恐怖，或者是令人不寒而慄的表情吧。

「我們啊！」

就在狂三放聲大喊的同時，分身們從狂三的影子爬了出來，阻擋在兩人之間。

琴里平靜地開口說道：

「——化為灰燼吧，〈灼爛殲鬼〉！」

那是連與琴里共同生活好幾年的士道都未曾聽過的，冷酷而沒有感情起伏的聲音。

下一瞬間——琴里裝備在手上的〈灼爛殲鬼〉發射出驚人的炎熱奔流。

如同將巨大的火山爆發凝聚在數十公尺範圍般的壓倒性熱能，從高中屋頂畫出一條直達天際的直線。像是裝飾上夕陽餘暉般，周圍景色也在這個瞬間被提早染成一片紅色。

「嗚……」

士道下意識地用手臂遮住臉。雖然只有吸進少量的空氣，但是從口鼻吸入的熱氣開始灼燒黏膜、阻礙呼吸。儘管位於琴里背後，但是肌膚卻猶如火烤過一般，就連睜開眼睛都有困難。

數秒之後，灼燒天空的炎熱光線漸漸縮小體積——裝備在琴里右手的大砲像是一台結束吃力工作的機械般，吐出了大量白煙。

「咳……咳……！」

輕輕咳了幾聲之後，朝上方看過去。

遮蔽視線的煙霧漸漸散去——士道的肩膀微微一震。

屋頂的地板與圍牆被驚人的高溫所融化，大砲通過的地方已經空無一物——不過仍然可以看見狂三與〈刻刻帝〉的身影。

但是，為了保護狂三而從影子爬出來的分身們則全數化為灰燼消失不見，狂三自身也失去了左臂。大概是被恐怖熱能擊飛的緣故，傷口斷面如同黑炭般焦黑，沒有流下一滴血。

再者，飄浮在狂三背後的〈刻刻帝〉，其四分之一的巨大錶盤也被貫穿。原本標示著「I」、「II」、「III」數字的位置，被挖去了一大塊。

「嗚——啊……」

狂三擠出一絲吐息之後，虛弱地跪倒在地。

不管是誰看到，都會認為那是已經無法繼續戰鬥的狀態。

——但是……

「……拿起妳的槍。」

琴里以低沉的聲音說出這句話，同時再次將變成大砲型態的〈灼爛殲鬼〉瞄準狂三。

「戰爭尚未結束唷。戰爭尚未結束唷。來吧，繼續廝殺吧，狂三。這是妳所冀望的戰爭啊。

這是妳所冀望的戰爭啊——如果妳已經無法舉槍攻擊的話，那就準備受死吧！」

「琴里……？妳……妳在說什麼？」

士道跑到琴里身邊，抓住她的肩膀。

「如果繼續攻擊的話，狂三真的會死掉喔！〈拉塔托斯克〉的宗旨應該是『以不需要殺死精靈的方法來解決問題』才對啊！」

不過對於士道的這番話，琴里似乎充耳不聞。〈灼爛殲鬼〉的砲口，再次吸進火焰。

「……喂……喂，琴里！」

士道繞到琴里面前——接著屏住呼吸。

「什……」

士道看見一雙冷酷扭曲的雙眸，閃著妖豔光芒，猶如紅寶石般的眼睛。而且琴里的嘴角浮現一抹近乎愉悅且恍惚的微笑表情。

——不對。士道不禁覺得毛骨悚然。很明顯的，這個人並不是琴里。

察覺到這件事情的瞬間，士道開始奔跑起來。朝著無力跪倒在地的狂三的方向奔跑而去。

「狂三！」

「士——道……？」

已經來不及帶狂三逃跑了。但至少要減輕狂三受到的傷害，於是士道挺身擋在狂三前方。

與此同時，〈灼爛殲鬼〉再次發射出能將森羅萬象燃燒殆盡的火紅咆哮。

一瞬間——

「呃！」

手持〈灼爛殲鬼〉的琴里突然睜大了眼睛。

「哥哥……！快躲開！」

她大叫出聲，並且將右手的〈灼爛殲鬼〉往上抬。

但是，所發射出來的砲火，無法完全改變行進的軌道——

「——」

就在視野被染成一片鮮紅的同時，士道失去了意識。

◇

燃燒著、燃燒著。家家戶戶正在燃燒著。

燃燒著、燃燒著。城鎮正在燃燒著。

燃燒著、燃燒著。世界正在燃燒著。

火焰在士道的視線中瘋狂舞動。

火勢劈哩啪啦地、熊熊地、轟隆隆地燃燒著。

即使如此，士道依舊沒有停下腳步。

（琴里……！琴里！）

他一邊呼喚著妹妹的名字，一意孤行地行走於化為地獄深淵的街道上。

話雖如此，士道似乎還不明白眼前遭遇到的狀況。

不過，這也是理所當然的事情。因為正當士道準備返家的時候，卻發現熟悉的街道已經完完全全地被火焰所吞沒。

今天是琴里的九歲生日。士道特地外出前往車站購買琴里的生日禮物。拜此所賜而躲過這場火災的士道必須感謝琴里才對——但是最重要的琴里本人似乎還留在家裡面。

明明是女兒的生日，但是忙碌的雙親卻如同往常般外出工作。所以現在家裡只剩下琴里獨自一人。

琴里那個愛哭鬼現在肯定是怕到不敢逃跑，一個人獨自哭泣吧？

當琴里的身影掠過腦海的那一瞬間，士道跑了起來。

琴里。士道可愛的妹妹。將失去一切的士道，當作自己家人的溫柔女孩。

以前，當士道被親生母親捨棄而沉淪於絕望之中時，就是現在的父母還有琴里拯救了他。

所以，這一次輪到他來拯救琴里了。為了琴里，即使必須犧牲自己的性命也在所不惜。

（琴里——！）

士道一邊不斷、不斷地放聲嘶喊，一邊朝家的方向奔跑而去。

不過，士道卻突然在此時停下腳步。因為眼前的街道彷彿被完全吞噬般，消失得無影無蹤，僅剩下散落在四處並且不斷冒煙的火焰殘渣。

然後，在這之中，有一名嬌小的女孩子全身無力地癱倒在地上哭泣。

（那是——）

那是一名打扮奇特的少女。身穿擁有長長衣袖與下襬的和服，頭部長著一對角。而且上頭還綁著白色緞帶。身體周圍，充斥著隨風搖曳的火焰。

不過，士道馬上就看出那名女孩就是自己的可愛妹妹。

士道的身體動了起來，理由只有一個——因為琴里在哭泣。

（琴里！）

他將拿在手上的書包丟在原地，一邊呼喚著琴里的名字一邊往她的方向跑過去。

（嗚……啊……啊……哥……哥哥……！哥哥……哥哥……！）

琴里一邊用雙手擦拭淚流滿面的臉龐，一邊呼喚著士道。

不過——就在士道打算接近琴里的瞬間，圍繞在琴里身旁的火焰突然開始劇烈膨脹。

琴里驚訝地睜大眼睛，肩膀微微顫抖了起來。

（哥哥！不能靠近我呀呀呀呀呀！）

她用帶著泣音的聲音，發出幾乎要扯破喉嚨般的叫聲。

（——咦？）

士道發出錯愕的聲音。

不過，這也是沒有辦法的事情。因為等到察覺到異樣的時候，士道的身體就已經受到體積增大的琴里的火焰奔流所衝擊，並且輕而易舉地被擊飛了。

（啊——）

咚沙！背部直接撞上地面並且竄上一股劇烈疼痛，全身皮膚被火灼傷的士道發出了悲鳴聲。痛到無法轉身也無法放聲大叫，士道只能處於模糊不清的視線與意識之中，看著天空發出短促的呻吟聲。

直接喪失意識的話可能還比較好。因為現在的士道就連指尖也無法動彈，只剩下疼痛折磨全身，但是同時又能冷靜地感受到意識逐漸遠離自己。不知為何，這種狀態讓士道感到相當害怕。

（哥哥……！）

琴里立刻以匍匐前進的姿勢靠了過來。

明明腦海中才剛剛閃過寧願昏厥過去的念頭，但是腦袋卻在此時輕易地改變了想法。對於現在的士道而言，只要能看見琴里的容貌，那就是其他事物都難以取代的獎勵。

琴里的眼睛落下斗大的眼淚。但是當眼淚接觸到士道那已被燒爛的皮膚時，一股更加劇烈的疼痛感立刻侵襲而來。不過，士道咬緊了牙關，拚命忍下幾乎要脫口而出的呻吟聲。如果讓愛哭鬼琴里哭得更加嚴重的話，士道就沒有資格當琴里的哥哥了。

視線模糊，看不清琴里的臉，天空的顏色也變得暗淡，所有事物都逐漸失去原有的樣貌。

不過……就在此時……

【──喂，妳想救他嗎？】

從士道與琴里的上方傳來這樣的聲音。

「──呃……」

一陣悶痛感撕裂了原本蟠踞在士道腦袋中的昏睡感。按住額頭，士道發出微弱的聲音。

能觸碰到的身體部位都沒有任何外傷。別說是刀傷了，士道的身上連一個腫包都沒有。正確來說，士道現在感受到的是一股不斷從頭部深處湧上來的悶痛感。

痛苦呻吟了一會兒之後，士道睜開眼睛，寬廣的天花板映入眼簾，各種大大小小尺寸不同的管線蜿蜒密布其中。

直到此時，士道才發現自己正躺在床上。

「這裡是……」

士道眨了眨眼睛，查看四周的情況。床鋪間隔等距地並排在一起，每張床的四周還圍繞著遮蔽用的簾子。

相當眼熟的地方。士道以前也曾經像現在一樣躺在這個地方。

沒錯。這裡是〈拉塔托斯克〉所有的空中艦艇〈佛拉克西納斯〉的醫務室。

為了讓渾沌不清的腦袋清醒，士道一邊輕輕拍打側頭部，一邊撐起身子。

「痛痛痛……」

除了腦袋之外，渾身關節也在發疼。士道微微皺起了眉頭。

順帶一提，不知為何，嘴唇上似乎感覺到有些許的怪異。難道是自己在喪失意識之前，碰觸到了什麼東西嗎？

不過，過沒多久，士道就不再深究這個疑問了。理由非常簡單。因為有名自己相當熟悉的少女正倚靠在床邊睡覺。

美麗的漆黑頭髮以及如同陶瓷般的光滑肌膚。長相猶如人造品般端正美麗，睡姿簡直就像是童話裡的場景……哎呀，可惜的是這一切全被從嘴角滴落下來的口水糟蹋了。

「十香……？」

即使士道出聲呼喚，少女——夜刀神十香也沒有任何反應。只有讓肩膀規律性地上下起伏著，並且靜靜地發出鼾聲。

「為什麼十香會在這裡……不，比起這件事，為什麼我會——」

此時，士道的自言自語突然被打斷了。

因為醫務室的出入口突然打開了，而且還傳來了兩個人走進醫務室的腳步聲。

「……嗯？啊啊，你醒了嗎，小士？」

身穿松鼠色軍服，年紀大約二十幾歲的女性一看到士道的身影，就說出了這句話。

帶著明顯黑眼圈的雙眸，以及代表長年活動於室內的白皙肌膚為其最大特色。她就是〈拉塔托斯克〉的分析官——村雨令音。

「令音？還有——」

在回應令音的同時，士道往她的背後看了一眼。發現一名年約十幾歲的少女正躲在令音的背後。

那名少女利用寬廣帽簷的帽子，遮住正常人不會有的藍色頭髮，以及猶如藍寶石般的美麗眼睛。左手戴著一隻外型被設計得滑稽有趣的兔子手偶，那雙小手還會不時地興奮舞動。

「嗨～士道。什麼嘛，你看起來很有精神呀！害我白白擔心了呀～」

「平安無事……真是……太好了。」

手偶以誇張的動作說完話之後，少女才以細若蚊鳴的聲音如此說道。

「連四糸乃也來了。到底怎麼回事……？」

上。

「哼～！」

「……啊，啊啊，抱歉。四糸奈也來了呀。」

士道露出苦笑，同時對向自己表達不滿的手偶做出回應。然後，士道將視線轉回到令音的身

「所以，令音，我為什麼會在這裡……？」

「……嗯。昨天和時崎狂三交戰之後，我們便將失去意識的你送到這裡來了。」

「……！」

時崎狂三。突然轉學到士道學校的少女——同時也是一名精靈。

當令音說出這個名字的瞬間，原本已經減輕的悶痛感又再次回到士道腦中。

昨天的景象清清楚楚地浮現在腦海中。

「對……對了……！之……之後發生什麼事了？十香只是在睡覺而已吧？她平安無事吧？還有琴里呢？那傢伙……突然現身……話說回來，她的樣子到底是……！還有折紙呢？那傢伙應該也受到相當嚴重的攻擊才對！」

「……冷靜一點，小士。」

「——對了，真那怎麼樣了？從途中開始我就看不見她的狀況了！她沒事吧？還有狂三——那傢伙還活著吧？學校的大家也——」

然後，士道突然停止說話。正確來說，是被迫停止說話。

因為令音抱住驚慌失措的士道的頭部，然後將他緊緊擁入懷中。

「嗯──嗯──！」

「……乖乖。」

說話的同時，令音溫柔地撫摸士道的頭。但是，嚴格來說，現在的士道已經被壓在臉部的溫暖胸部觸感給奪去了所有的注意力。

士道輕拍令音的手臂以示投降。接下來，經過數秒之後，令音才終於鬆開了手。

「……冷靜下來了嗎？」

「是……是的……」

士道大口喘息之後，抬起頭來對令音投以詢問的視線。然後，令音點點頭作為回應。待在後頭的四糸乃用手遮住通紅的臉頰，不過還是從手指隙縫間清楚目睹了剛剛的場景。

「……放心吧，大家都平安無事。就我所知的範圍內，並沒有人因此喪命。只是附近的醫院都是處於大爆滿狀態。鳶一折紙與崇宮真那都被後來才現身的ＡＳＴ隊員接走了。現在應該已經被送往自衛隊天宮醫院了吧。因為那邊設有醫療用的顯現裝置吶。至於狂三則是趁亂逃跑了唷。十香的狀態則是如你所見。明明自己也受傷了，卻還是執意要照顧你。所以現在應該只是太累所以睡著了吧。」

「……！」

聽完令音的話，士道咬緊牙齒，握起拳頭。

——結果，士道根本沒有解決任何事情。

嘴裡說要拯救狂三、要拯救真那，最後卻一事無成。

不僅讓狂三、真那身負重傷，還將折紙、十香以及學校的每個人都牽扯進來，而且最後依舊沒有成功封印狂三的力量。

「可——惡……！」

士道懊悔地發出咒罵聲之後，用力捶打床舖。

「……你已經做得很好了。不需要太苛責自己。」

「但……但是……！」

「……任誰都無法預料到狂三居然還隱藏著那樣的能力。我們反而應該慶幸沒有任何人因為那起事件而喪命。事情並不會就此落幕。如果你還想拯救狂三，就應該將力氣留下來甩她一個耳光並且狠狠斥責她一頓才對。」

「……是……」

士道壓低聲音如此說道——接著突然睜大眼睛。

剛剛令音所說的那段話裡面，並沒有提到一名重要人物。

「令音……！琴里呢？琴里現在在哪裡？」

他一邊撐起上半身一邊如此問道。然後，令音表現出早就預料到士道會詢問這個問題的樣子，點了點頭。

「……我帶你去吧。站得起來嗎？」

「站……站得起來。」

士道將棉被疊到腳邊，穿上擺放在床邊的鞋子之後，站起身來。但是──可能是因為長時間躺著的緣故，士道在站起身時感受到一股暈眩，身體因此失去了平衡。

「……！」

此時，四糸乃從令音的身邊跑過來攙扶士道。

「哦、哦，抱歉。謝謝妳呀，四糸乃。」

「不……不客氣……」

士道露出苦笑，如此說道。然後，四糸乃似乎感到害羞般地低下頭。左手的「四糸奈」則是「咻～」地一聲故意吹了一個口哨（？）。

「……沒事吧？你最好還是多休息──」

「不，我沒事。比起這件事情，我們趕緊到琴里那邊去吧。」

令音半瞇起眼睛看著士道，然後輕輕嘆了口氣，點了點頭。

「……跟我來吧。」

她說完後，緩緩轉過身。士道讓十香好好地睡在床上之後，便邁開步伐跟在令音背後。

此時，四糸乃維持扶住士道腰部的姿勢，一起邁開步伐。

「四糸乃？我已經沒事了喔！」

「……啊！是的……但是，那個……很危險，所以……」

難道在四糸乃的眼裡，士道是如此地弱不禁風嗎？

不過，似乎也沒有必要特地拒絕這份好意。「……那麼就拜託妳囉。」於是士道一邊露出苦笑一邊說完這句話以後，就跟四糸乃一起邁步向前走。不知為何，兔子手偶古靈精怪地露出竊笑。哎呀，不過這種事情經常發生，所以士道倒也不以為意。

在四糸乃的陪伴之下，士道行走於〈佛拉克西納斯〉的狹窄通道中。

半途中，士道突然皺起眉頭。因為士道原本以為會與往常一樣朝著艦橋的方向走過去，但是令音卻在途中改變了行進方向。

就這樣繼續走了幾分鐘之後……

「……就是這裡。」

看著位於停下腳步的令音面前的那扇門，士道不自覺吸了一口氣。

關於〈佛拉克西納斯〉的內部構造，其實士道並不是非常了解。雖然曾經踏足過一些地點，

但是當時並沒有人對自己多加介紹。而且士道曾經去過的大多是設置有傳送裝置的機體下方、艦橋、醫護室，以及洗手間、餐廳、休息室等不重要的地方。

老實說，士道根本不知道自己現在位於船艦的哪個位置，以及這間房間的作用為何。

不過，即使如此，看見眼前這扇堅固到會讓人聯想到銀行大金庫的厚重大門，士道不難猜出興建這扇門應該是有其特殊作用。

「這裡是……」

即使士道投出了疑惑的視線，令音依舊沒有做出回應。她站到裝置在大門旁邊的電子儀表板前面，輸入密碼之後將手放到儀表板上。

「……分析官，村雨令音。」

接著說出自己的名字。於是，在儀表板發出細微聲響之後，那扇大門便往左右開啟了。

「……好了，進來吧。」

令音走進房間。士道咕嚕一聲嚥下口水之後，跟在後頭走了進去。

然後，士道立刻皺起眉頭。這是一間非常奇特的房間。房間前半段與後半段被一面玻璃牆隔開，以此為界線，兩側的內部裝潢風格完全迥異。

士道一行人所在的房間前半段，密密麻麻地擺放了各式各樣的機器，看起來猶如一間昏暗的實驗室。相對的，房間的後半段則被整理成普通人會生活其中的公寓房間。

看起來簡直就像是個為了將野獸囚禁起來並且加以監視，猶如牢籠般的空間。

然後，士道在房間深處，被玻璃牆隔開的場所，看見了琴里的身影。她怡然自得地坐在椅子上，優雅地喝著看似紅茶的茶飲。

身上已經不再穿著靈裝，而是平時的便服打扮。看到妹妹的熟悉身影，士道不禁鬆了口氣。

「琴里！」

他試著呼喚她的名字。但是，琴里並沒有回答。

「……這邊的聲音傳不到那邊去的。小士，接下來你得一個人過去。」

令音說完後，邁開步伐往前走。玻璃牆的角落，有個看似門扉的場所。

四糸乃從士道身邊離開。士道微微低頭鞠躬之後，便朝著令音的方向走過去。

令音與剛剛一樣，做出檢驗指紋、聲紋等舉動，然後打開了門。士道稍微低下頭走進內側房間。這時，分隔房間的那扇玻璃牆的異常厚度映入眼簾……原本稍稍放鬆的神經再次緊繃起來。

「……嗯？哎呀，是士道呀。你醒了呀。」

或許是察覺到闖進來的士道，琴里抬起頭來。

「嗨……嗨……」

不知為何感到有點難為情的士道，以拘謹的語氣如此回應。

「不要一直站在那邊，坐下來吧？不過如果你想當個稻草人的話，我還是會為你加油的。」

「啊，不……嗯，說得也是吶。」

士道接受提議，坐到被擺放在琴里對面的椅子上。此時，他往令音她們那個方向瞄了一眼，卻看不見她們的身影。原本從對側看起來是透明玻璃材質的房間隔牆，從這邊看過去卻變成了白色牆壁。

「…………」

「…………」

隔著桌子，兩人相視無言。

士道明明有堆積如山的問題，但是到了當事人面前，卻不知該說些什麼了。

完全沒有透露出任何緊張神情的琴里，用肉桂棒攪拌奶茶——最後將棒子放到嘴裡。

「……喂，連那個也是加倍佳嗎！」

士道不自覺地大叫出聲。沒錯。原來浸泡在紅茶中的不是肉桂棒，不是湯匙，也不是攪拌棒，而是琴里最喜愛的棒棒糖。

「怎麼？你有意見嗎？」

「不，沒意見！」

士道大聲說出這句話之後，嘆了一口氣。出乎意料之外的，原本緊繃的神經突然放鬆了。抱持著有點感謝加倍佳的心情，士道開口說道：

「琴里——妳到底是誰？」

「我是士道可愛的妹妹唷。」

「……正常人不會誇自己可愛吧？」

「我很可愛吧？」

「……哎呀，這一點倒是無法否認。」

士道胡亂搔了搔頭髮之後，用手撐在膝蓋上，微微低下頭。

「琴里……妳是……精靈嗎？」

單刀直入、簡單明瞭。士道提出一個自己最介意的疑問。

然後，琴里聳聳肩膀，哼了一聲。

「哼，如果我說不是的話，你會相信我嗎？」

沒有任何遲疑，士道點了點頭。

「會。如果妳說不是的話，我就會相信妳。」

「……你是認真的嗎？捨棄親眼目睹的事實而去相信別人的片面之詞，這可不是明智之舉呀。」

「如果不相信可愛妹妹說的話，就算可以成為聰明處事的人，也會喪失了當哥哥的資格。」

「…………」

琴里將杯子放到托盤上面，不發一語地看向士道。

接下來，互相凝視數秒之後，琴里才輕輕嘆了一口氣：

「……我……是人類唷。至少，我是這麼認為的。不過，事實似乎並非如此呢。因為現在觀測裝置的數值，已經將我判定為精靈了。」

「這是……怎麼回事？」

士道無法理解琴里所說的話，皺起眉頭。如果是平常的琴里，一定會在此時說些貧嘴薄舌的話來調侃他。但是這次卻認為士道會提出這個問題是理所當然的事情，於是琴里繼續說道：

「我是出生於五河家的人類。這點是毋庸置疑的。不過，就在五年前——我變成了精靈。」

「啊……？」

士道露出目瞪口呆的表情，驚訝地發出聲音。

所謂的精靈，指的是存在於被稱呼為「鄰界」之處的特殊災害指定生命體。至少琴里與令音是這麼告訴士道的。

「這是怎麼回事呀？人類與精靈應該是不同種族的生物吧？」

「哎呀……你說得沒錯。正確來說，我應該是名『擁有精靈之力的人類』，這種說法應該更為恰當吧。」

「那種事……！」

話才說到一半，士道突然皺起眉頭。

腦海中突然回憶起某個情景。

「啊——」

那場夢。在剛剛清醒前所看見的……夢。

身穿靈裝的琴里，在烈火熊熊燃燒的街道上獨自哭泣的——夢。

「你怎麼了，士道？」

「不……我——知道……這件事情……？」

「這是怎麼回事？」

琴里如此問道。看見她認真的表情，士道不自覺地直起身子。

「就……就算妳這麼問，我也……」

「因為士道應該完全不記得五年前發生火災的事情——還有我變成精靈的事情才對呀。」

「不，妳說得……沒錯……那個……妳可別笑我喔！」

「我不會笑你的。」

琴里不悅地抱起雙臂。士道一邊搔著後腦杓一邊開口說：

「那個，剛剛……我作了個夢……」

「夢？什麼夢？」

「啊，啊啊……」

士道簡單地說明夢的內容。然後，琴里微微羞紅臉，並且將臉別了過去。

「……哎呀，雖然我想對一邊哭泣一邊不斷呼喚哥哥這件事情提出異議……不過大致上與我的記憶相符。」

琴里用手托住下巴低聲呢喃之後，迅速地豎起加倍佳糖果棒。

「……難道是因為受到我從士道那裡取回靈力的影響，所以記憶經由線路流入你的腦海中？亦或是這個舉動喚醒了士道本身的記憶……？姆，不管原因是哪一個，都讓我相當感興趣呀。」

彷彿在思索什麼事情般，琴里頻頻點頭。

「……不要陷入自己的世界啦。比起這件事情，琴里……」

「嗯？什麼事？」

琴里抬起頭來看著士道。

「妳說過——妳變成了精靈。五年前到底發生了什麼事情？」

精靈與人類，本來就是不同種族的生物。人類居然會突然變成精靈——或者擁有相當於精靈的靈力，這究竟是怎麼一回事？

不過琴里卻一臉茫然地搖了搖頭。

「那件事情……我幾乎不記得了。」

「啊……？妳說不記得……」

「嗯……雖然隱隱約約知道發生了什麼事情，但是無論如何都想不起來。不，我記得自己變成精靈的事情，不過我始終想不起來原因為何。」

「……普通人會忘記這麼重要的事情嗎？」

「我可不想被忘記妹妹變成精靈的哥哥這麼說吶。」

「嗚……！」

被琴里這麼一說，士道無言以對。不過，此時士道心中浮現另一個疑問。

「不過……令人意外的是，妳似乎相當習慣戰鬥啊。」

士道一邊回憶在屋頂所發生的情景一邊如此說道。沒錯，雖然讓對手逃跑了，不過琴里確實以壓倒性的實力戰勝了狂三。

「我也覺得很不可思議呢。雖然有使用模擬裝置接受過訓練，但是我在這場戰鬥之前是完全沒有實戰經驗……不過呢，由於化身為精靈以後的記憶會變得模糊不清，所以當時很有可能產生了什麼變化也說不一定吶。身體就像是熟知戰鬥方式般地動了起來，真是嚇了我一跳呀。」

「什……那……那麼，將空間震相互抵銷的事情——」

「啊啊，那也是孤注一擲的舉動。雖然令音確實計算出有其可能性，不過我可不想再來一遍了呀。如果失敗的話，災情應該很有可能會加重吧？」

聽見琴里若無其事地說完這番話，士道不禁冷汗直流。

接下來，琴里嘆了口氣之後繼續說道：

「不過……哎，你說得也對啦。」

「妳的意思是？」

「普通人應該不會忘記這麼重要的事情。我也同意這項說法。士道的話倒是另當別論，不過我怎麼可能會忘記顛覆自身存在這種重要事件呢？」

「妳說『另當別論』是什麼意思？什麼『另當別論』？」

士道瞇著眼睛，一臉不悅地如此說道。不過琴里卻無視他的抗議，繼續說道：

「五年前，待在那個地方的兩個人同時失去了記憶……你不覺得很奇怪嗎？」

「……妳的意思是……」

「比方來說，或許是有人消除了我們的記憶？」

「什——」

——有人……消除了兩人的記憶？聽見這句令人反感的話，士道皺起了眉頭。

如果利用顯現裝置——或者對方是名擁有凡人無法比擬的力量的精靈，那麼確實是有這種可能性。不過，對方到底是誰？目的又是什麼？

或許是因為看見士道的這種反應，琴里聳了聳肩。

「哎呀，但這畢竟只是其中一種揣測而已吶。」

即使補上這句說明，士道的背部還是被汗水濡濕了。

的確，如果按照這個方向來思考的話，那麼一切就說得通了。

可是，既然想不起來，現在思索這件事情也沒有意義。於是，士道問了另一個令自己在意的問題。

「不過……在那之後，琴里就回歸正常生活了吧？妳是怎麼做到的？」

至少從五年前的火災發生之後一直到現在，五河琴里與士道一起度過了日常生活。關於這一點，士道倒是記得清清楚楚。

然而，琴里卻發出「啥？」一聲，開口說道：

「你不記得了嗎？當然是因為士道封印了我的力量呀！」

「呃？」

士道發出錯愕的聲音。

「我……我嗎……？」

「沒錯。昨天我不是說過了嗎？要你『暫時還給我』吧。」

這麼說來，琴里昨天現身的時候，確實有說過這句話。

「我……嗎……」

士道用手輕撫額頭，低聲呢喃。在看見琴里靈裝時從腦袋深處產生如同針扎般的頭痛，再次浮現了出來。

無論如何——就是想不起來。明明可以回憶起其他記不清楚的事情，唯獨與那起事件相關的事情，士道總是無法順利回想起來。

「沒錯……然後，被士道封印力量之後，〈拉塔托斯克〉就發現我了。接下來——我得知了在世界背後所祕密進行的事情，以及精靈的存在……所以我決定要拯救精靈。」

「………」

為何年紀未滿十四歲的琴里會成為〈拉塔托斯克〉這個祕密組織的司令官？原本士道一直抱持著這個疑問……如今終於獲得了解答。

「因此……」琴里繼續說道：

「這就是我會挑選士道擔任說服精靈的角色的理由唷。雖然不知原因為何，不過你擁有封印精靈力量的能力呀。」

「啊——」

士道驚訝得瞪大眼睛。

這確實是個疑點。就算士道擁有那樣的能力，但是為什麼會被〈拉塔托斯克〉發現？

原因無他。因為五年前就有琴里這個實例了。

說到這裡，士道突然想起一件事情。那就是每當琴里被狂三射傷時，刻劃在肌膚上的傷痕就會被火焰覆蓋，然後自動痊癒。

毫無疑問的，那正是士道身體所具備的再生能力。

「這麼說來——」

大概是從士道的表情推測出他的思緒，琴里深深點頭。

「沒錯。士道的回復能力其實是源自於我的力量唷。因此……士道，你站起來一下。」

「啊？為……為什麼啊？」

「不要問那麼多，快一點。」

士道依照琴里的指示，站起身來。

就在這個瞬間，琴里往士道的胸口用力揍了一拳。士道的身體彎成く字型，痛苦地倒在地上。

「咕啊……！」

「我有說過吧？我……有對你說過了吧？對你說過『注意自身安全』、『現在的你很容易喪失性命』這些話吧？可是呢，你居然突然跑到我面前！居然為了保護狂三而跑到〈灼爛殲鬼〉的前面……！還好我在千鈞一髮之際恢復意識並且改變了砲擊方向，但是如果再晚一步的話，你現在就會變成焦炭了唷……！結果還讓狂三趁機逃跑了！喂，你有在聽我講話嗎！」

「我……我有在聽……我有在聽，所以別再搖我了……」

士道勉強點了點頭。過了一會兒，他好不容易喘過氣來坐到椅子上，輕輕呼出一口氣。

「痛痛痛……妳到底在做什麼啦！」

「哼。對於不聽話的狗，就只能親手調教了。」

原本想要回嘴，但是士道卻將話收了回去。因為比起這個，還有另一件更令人在意的事情。

「琴里。妳剛剛有說『恢復意識』這句話吧？」

「……！」

琴里的眉毛抽動了一下。

士道回想起在頂樓所發生的事情。將化為大砲型態的〈灼爛殲鬼〉瞄準狂三的琴里。那個人，怎麼看都不像是平常的琴里。

琴里像是死心般地嘆了口氣。

「我確實說了這句話……」

「不過，妳當時還是能好好地說話，並且準確地對狂三展開攻擊。那到底是——」

「……我不知道。從士道身上取回精靈力量之後的那一整天……我偶爾會忍不住想要破壞某些東西、想要殺掉某些人——身體完全不聽使喚。現在勉強算是利用藥物控制住了……不過，毫無疑問的，那個時候的我打算殺死狂三呀。」

「什……」

「……說不定那個時候就是因為士道擋在狂三前面，所以我才能恢復正常吧。關於這一點，我倒是有一點點感激你。」

帶著幾分自嘲，琴里聳了聳肩，露出一抹苦笑。

不過，士道卻無法做出回應。因為剛剛從琴里那邊聽來的情報，正亂轟轟地敲擊他的腦袋。

因此，琴里繼續說道：

「……我很害怕。因為我完全不知道自己會做出什麼事情來。我……無法控制自己的行為。雖然沒有留下記憶，但是在五年前，我可能做出了什麼不好的舉動也說不一定。也就是說，在沒有留下記憶的那一部分，暗藏著殺死某人的可能性。如果真是那樣，我──」

「琴里……」

然後，琴里說到這裡就停止了。彷彿要趕跑恐懼般，她搖了搖頭。

「你還是忘了吧。那真不像是我會說出口的話呀。」

「啊，啊啊……但是……妳的精靈力量會繼續停留在妳身上嗎？」

「沒錯。若非如此，我就不會被囚禁在這種戒備森嚴的隔離區之中了。」

琴里一邊說話，一邊轉頭環顧房間。

雖然從這裡看起來，像是一間擁有豪華裝潢的房間。但是從外側一路進來這個房間的士道，完全不認為這裡是一個令人感到舒適的空間。

「但……但是十香的力量在產生逆流之後，不是會自動回到我身上嗎？為什麼——」

「因為逆流到十香身上的能力的絕對數量非常稀少。所以只要十香的精神狀態穩定下來，力量就會經由線路自然而然地回到士道身上。但是，我的情況與她不一樣。因為我從士道的身上取回了近乎百分之百的力量吶。如此一來，就無法自動恢復了。」

「那……那麼，該怎麼做——」

士道努力想要擠出話來。大概是覺得他的模樣看起來相當可笑的緣故，琴里一邊苦笑一邊開口說：

「哎，唯一的方法只有再次封印了吧。」

「再……再次封印……？妳的意思是……？」

「很簡單唷。」

琴里說完這句話之後，將加倍佳從嘴巴裡抽出來，然後迅速指向士道。

「——你必須，讓我迷戀上你。」

「什……什麼！」

聽見琴里的話之後，士道呆呆地叫出聲來。

「妳……妳說我必須讓妳迷戀上我……那到底是……什麼意思……」

士道語帶困惑地出聲詢問。然後，琴里再次將加倍佳放入口中，在端起茶杯的同時，輕輕地聳了聳肩。

「和十香與四糸乃的情況相同唷。能封印精靈力量的，只有那個方法吧？」

「也……也就是說……」

士道回想起與十香以及四糸乃的相遇。

與她們約會、提昇好感度——然後，最後……

「…………」

士道的視線不由自主地飄向琴里的嘴唇。

因為，那個時候封印十香與四糸乃力量的方法是——

「……！」

然後，就在此時，突然響起一陣刺耳的聲音。士道的身體因此顫抖了一下。

似乎是琴里原本拿在手上的茶杯掉落在地上了。陶瓷製的白色器皿應聲碎裂，喝到一半的奶茶灑在地面上。

「琴……琴里？妳沒事吧？有沒有受傷？」

士道皺著眉，擔心地如此問道。然後，琴里垂下雙眼大口呼吸，同時搖了搖頭：

「……我沒事，別在意。」

說完後，像是要躲避士道的視線般，琴里用左手握住剛剛沒抓牢杯子的右手，並且將手藏到桌子底下。

「不，那怎麼行呢？好了，把手伸出來讓我看看吧，說不定割傷了——」

「我不是說了我沒事嗎？比起這件事情，我有點累了。能讓我一個人獨處嗎？」

「妳要我別在意……」

「……小士。」

然後，就在向琴里伸出手的時候，伴隨著從背後傳來的開門聲，士道聽見了說話聲。原來是令音帶著一個黑色包包進入了這個空間。

「令音？怎麼了？」

「……啊啊。抱歉，今天就到此為止吧。請你先回到外頭去吧。」

「咦？可……可是……」

「……我會負責查看琴里的情況。好了，快一點出去吧。」

配合令音的說話聲，琴里低下頭來，然後輕輕點頭。

「好……好的……」

既然話都說到這個地步，也只能乖乖照辦了。士道老老實實地依循指示穿過門，返回四糸乃所在的房間。

此時，士道察覺到一股不協調感。直到剛剛為止都還像是由透明玻璃建構而成的牆壁突然變成了白色，讓人無法窺見內部的情況。

「什麼……？」

經過數分鐘之後，令音穿過門回到士道他們所在的空間。

「令音，琴里她……」

「……啊啊，她沒事。不用擔心。至少暫時是沒有大礙吶。」

「妳……妳剛剛說『暫時』……」

「………」

令音不發一語地坐到椅子上，然後垂下雙眼。

「……時間是兩天後。」

「咦？」

「……兩天後，也就是六月二十二日，請你跟琴里約會吧。」

「啥？那件事情……我是聽說過了啦。不過，為什麼要選在兩天後？」

「……因為別無選擇了呀。不超過兩天，琴里恐怕就無法再繼續承擔自身的靈力了。」

「——！」

聽見令音的話，士道變得全身緊繃。

「這……這是怎麼回事……？」

「……發作的間隔正在漸漸縮短。現在雖然能利用精神安定劑與鎮靜劑壓抑下來……不過，大概兩天後就是極限了吧。只要過了那一天，琴里恐怕就不會再是你所熟知的那個琴里了。」

「——————」

這一次，士道連聲音都發不出來。喉嚨乾涸，手指微微顫抖。

突然其來，沒有任何預兆，突然出現在眼前的嚴重事態。

只剩下，短短的兩天。琴里……就會失去自我。如果士道無法封印她的力量的話……

「那……那麼，現在馬上——」

「…………」

彷彿在思索什麼事情似的，令音將手抵住下巴，然後像是死心般地嘆了一口氣。

「……的確，原本應該這麼做才對吶。」

「咦？」

「……但是，那個方法不可行。我說過了吧？現在正在利用藥物控制症狀。所以必須等到狀態穩定下來才行。」

「但……但是，兩天後——」

「……所以，唯一符合這兩個條件的就只有那一天了。你必須抱持著如果後天沒有成功的話，就再也沒有任何機會的心理準備。」

「嗚……」

士道用力咬牙。然後，令音輕輕嘆了一口氣，轉身面向控制台。

「……總而言之，現在就先交給我吧。小士，去看看真那的情況吧。現在出發的話，應該能趕上醫院的會客時間吧。」

令音像是要將士道與四糸乃趕離這裡似的，指了指大門的方向。

「但……但是——」

「……拜託你。現在先照我的話去做吧。」

「……我知道了。」

感受到令音的反常態度，士道乖乖依循指示，與四糸乃一起走出房間。臨走之前，說了一句「琴里就拜託妳了」並且鞠了個躬。

接著，直接走向船艦下方——也就是通往地面的傳送門所在地。

「……讓琴里……迷戀上我……」

士道以不會讓走在身旁的四糸乃聽見的音量，喃喃自語。

如果不這麼做的話，琴里就會失去自我。但是……

讓琴里，自己的妹妹，那名嚴厲強勢的五河琴里司令，迷戀上自己。

將這件事情重新說出口之後，士道才發現這其實是一場相當高難度的作戰。

## 第七章 琴里會議

呈現在眼前的，是會讓人誤認為是地獄的光景。

熟悉的住宅街道陷入一片鮮紅火海。沿道排列的住家、每天都會經過的通學步道旁的行道樹、公園的樹木等，所有可燃物品都毫無例外地被火舌吞噬，漸漸化為焦炭與灰燼。

周圍傳來大火以猛烈火勢熊熊燃燒的轟隆巨響，其中夾雜著四處逃竄的人們的慘叫聲以及腳步聲，而且有時候還會聽見像是某種東西爆炸般的駭人聲響。

（這是……什麼……）

親眼目睹這幅過於不切實際的景色，折紙呆呆地說出這句話。

毫無意義的舉動。利用說出這句話的時間趕緊逃跑才是明智之舉。但是，應該沒有人會認為她是愚蠢的吧？畢竟要一個十二歲的小孩子在短時間內理解所有狀況，這個要求未免也太過分了。

買完東西而要返家的折紙，看見了與出門前完全不同的景色。折紙沒有癱坐在原地，或許這正代表了她還保有一絲絲的冷靜。

然後——就在這個時候，折紙突然睜大眼睛。

（爸爸、媽媽……）

沒錯。父親與母親應該還留在家裡。

想起這件事情的瞬間，折紙立刻將原本提在手中的包包丟棄在原地，然後開始奔跑。

折紙只是一名小孩子，即使趕到現場也幫不了什麼忙。而且她的雙親或許已經去避難了也說不定。但是，處於混亂狀態中的折紙根本無法判斷。只能不斷奔跑在模樣變得與數小時前完全不同的道路上。

然後，過了幾分鐘之後，總算抵達自家住宅的折紙，臉上浮現出絕望的表情。折紙家也像其他房屋一樣被鮮紅的火焰覆蓋，因此折紙只能透過火焰看見黑色的影子。

（怎麼會……這樣……）

其實折紙早就已經有心理準備。不過，即使如此，直到親眼目睹之前，折紙還是懷抱著一絲希望。但事已至此——

（——！）

然後，折紙的肩膀突然顫抖了一下。因為自家大門突然被人從內側踢破了。

接下來，滿頭大汗的父親一邊摟著母親的肩膀一邊從大門之中走出來。

（爸爸！媽媽！）

折紙用盡全力，放聲大喊。

（妳回來了呀，折紙！）

（沒受傷吧？這裡很危險。快逃吧！）

父親一邊說話，一邊對折紙伸出手並且朝著她所在的方向前進。

發現雙親還活著的折紙感到非常高興，眼眶泛著淚水，同時不斷地點頭。接下來，折紙伸出手，打算握住父親的手——

（————咦？）

一瞬間，不知道發生了什麼事情，折紙突然發出了這種聲音。

原來是折紙伸出手的瞬間，眼前出現一道從天際射向地面的光束。

然後，隔沒多久便發生一陣強烈的衝擊波，輕而易舉地就將折紙的身體吹飛了。

（呀……！）

折紙撞擊在數公尺遠的水泥牆上，不斷咳嗽。可能是肋骨裂開的緣故，側腹部非常疼痛。

折紙痛到幾乎快要哭了出來。不過，現在最重要的是確認雙親平安與否。於是折紙努力忍耐劇痛，將視線移向原本的所在位置。

——但是，那裡已經，看不見任何人影了。折紙雙親的所在位置已經連同地面一起被挖空，形成如同隕石坑般的凹洞。

她趴在地上，慢慢往那個方向爬過去。

然後……

（啊，啊……啊……啊啊啊啊啊——）

在被挖掉的地面上發現父親與母親的遺體，折紙的牙齒喀搭喀搭地打顫。

強烈的暈眩感。彷彿世界正在扭曲般的感覺。如同原本鮮紅的視野被塗抹成灰黑色調般，這樣的絕望感持續不斷地侵蝕著折紙的意識。

為什麼？怎麼會這樣？這些無濟於事的疑問浮現在腦海中，以沒有解答的形式不斷在她的腦中打轉。

（——！）

為了確認剛剛燒死折紙雙親的那道光線的來源，折紙抬起頭來。

然後……身體再次凍結在原地。

（天——使……）

她目瞪口呆地喃喃自語。那個地方——出現了一名天使。

當然，折紙明白這個世界是沒有天使存在的。但是她卻想不出更貼切的字詞，來形容這個現身在眼前的存在，這也是個不爭的事實。

疼痛讓視線變得模糊，折紙雖然無法看清細節，但可以確定的是——佇立在天空的那個東西擁有人類般的形體。

像是在睥睨熊熊燃燒的街道般，飛翔在天空中的纖細影子——應該是一名年輕的少女。

那個影子舉起手來輕觸頭部，身體微微顫動著。

那副模樣看起來像是在哀嘆——也像是在鄙笑。

（是……妳……）

——殺死父親與母親……

這句話的後半段，哽在喉嚨中。折紙只能握住幾乎要滲出血來的拳頭，緊咬牙齒，瞪視著飛舞在火海之中的天使，然後發出充滿詛咒與怨恨的叫聲：

（不能原諒……！我要……殺了妳……！我——一定會……！）

此時，鳶一折紙恢復意識，迅速地睜開眼睛。

「……！……！」

明明直到剛剛為止都在沉睡，但是呼吸卻異常倉促。

折紙撐起身子，然後做了一個深呼吸來壓抑內心的悸動。隱約混雜著消毒水臭味的空氣，在氣管與肺部之間循環。

調整好呼吸的折紙，慢慢地轉過頭確認四周狀況。

白色天花板、白色牆壁。視野盡頭所能見的，是已經吊掛上點滴的點滴架。

折紙立刻明白自己正躺在已經來過許多次的自衛隊醫院的病房內。而且還是特別準備的個人病房。

「…………」

她沉默不語地，用手擦拭額頭。頭部雖然被人細心地用繃帶包紮起來，卻因為盜汗的緣故而變得濕漉漉。理所當然的，包紮在額頭以外的繃帶與病人服的背部也變濕了。折紙抓起緊黏在身上的病人服，啪答啪答地揮動衣服搧風。

自己並不是會在睡眠中盜汗的人……恐怕是剛剛作了那場夢的緣故吧。

五年前，折紙的雙親意外身亡的景象。

不久之後，折紙便得知了當時自己誤認為是天使的那個存在的名字。

特殊災害指定生命體——精靈。那場大火正是那個超乎常人的存在所引起的。

但是——已經很久沒有作這個惡夢了，為什麼今天會再次……

「——！」

思索至此，折紙突然屏住呼吸。

因為折紙終於回想起自己會來到這裡的原因了。

「士道……！」

出聲呼喚自己心愛的戀人的名字。沒錯，折紙原本在來禪高中的屋頂上與精靈時崎狂三交戰——接著被壓倒在地之後就昏厥過去了。

折紙相當介意士道與真那的安危，還有狂三的動向（屋頂似乎還有另一個會讓人誤以為是小髒點的生命體，不過應該無須在意她吧）。既然折紙還活著，代表其他人平安無事的可能性應該相當高。但是……那畢竟只是推測而已。總而言之，必須掌握更多的情報才行。

折紙垂下雙眼，探索昏厥過去之前的記憶——回想起某件事情的折紙，吞了一口口水。

就在折紙被狂三的分身壓倒在地，狂三朝著士道靠近的時候……

天空中，出現了令人難以置信的東西。

「火焰……精靈……！」

折紙回想起當時照映在視網膜上的身影，然後以帶有詛咒語氣的聲音如此說道。

火焰精靈。識別名〈炎魔（Ifrit）〉。五年前，召喚大火襲擊南甲町住宅區的精靈。

——在折紙面前，殺死雙親的精靈。

「我終於……找到了……」

五年之間，不斷尋找、不斷尋找，持續不斷尋找的仇人。讓自己下定決心即使賭上性命也要殺死對方的復仇標的。雖然是個偶然，但是折紙總算能實現那個目標了。

心臟激烈地跳動著，好不容易調整好的呼吸再次變得紊亂。彷彿是指尖終於觸碰到長久以來的悲願般，接近於歡喜的感情在腦中洶湧翻騰。

但是……不知為何，折紙卻感受到一股不可思議的異樣感。在屋頂現身的精靈——除了五年前的那個時候，折紙覺得自己似乎在其他地方看過〈炎魔〉的容貌。

這究竟是怎麼一回事？即使努力思索，折紙還是想不起來。

沉思了幾分鐘之後，折紙抬起頭來走下病床。穿上放置在一旁的拖鞋，然後站起身來。

如果想不起來的話，那也沒辦法了。既然折紙被送來這裡，那就代表真那應該也在醫院裡。也許她會知道事情的詳情。

折紙無視起身時所帶來的輕微暈眩感，打算向前邁出步伐——但是卻因為手臂被點滴所拉扯而跌坐在地。

◇

「是……這裡吧？」

士道將拿在手上的地圖與聳立在眼前的偌大建築物做比對，低聲呢喃。

門上寫著「自衛隊天宮醫院」。看來應該是這裡沒錯。

「那個傢伙……希望她平安無事……」

前天，真那飛快趕到獨自面對狂三的士道身邊，接著被狂三的【七之彈】停止時間。那個時候她應該承受了相當嚴重的攻擊。

據說她被送到附近的自衛隊醫院，於是士道專程來探病。

穿過大門，然後走到接待櫃台的窗口。

「那個……」

「您好，請問是初診嗎？如果是普通病患的話，需要出示介紹函才可以……」

聽見士道的聲音，櫃台內的女性如此說道。

「啊，不是。我想探病。請問崇宮真那小姐的病房在哪裡呢？」

「崇宮真那小姐嗎？請問您是她的家屬嗎？」

「呃……是……是的。」

士道含糊不清地如此說道，同時點了點頭。

沒錯。崇宮真那是士道的親妹妹……應該是吧？

事實上，士道完全不記得與她相關的事情。但是，真那本人卻堅持士道一定是自己的哥哥……況且，如果在這個時候否認而被追問兩人關係的話，那可就傷腦筋了。於是士道乖乖地點了點頭。

「請你稍等一下。」

這位女性辦公員開始以熟練的手勢操作手邊的電腦。

經過數十秒之後，女性辦公員驚訝地瞪大眼睛，然後轉過頭來面向士道。

「那個…不好意思，由於崇宮真那小姐現在正在特殊治療室中接受治療，所以禁止會客。」

「咦……？」

士道不由自主地叫出聲來。

「她……她的傷勢很嚴重嗎？」

「不清楚……目前我無法得知詳情……」

「不過，妳們至少應該對家人解釋一下她的狀況──」

「非常抱歉……由於崇宮真那小姐的療程中有使用到特殊的醫療器材，所以院方規定不能向外人進行說明……」

「怎麼會這樣……不能通融一下嗎？至少讓我看她一眼……」

「就……就算你這麼說……」

辦公員露出為難的表情。然後──就在這個時候……

「──士道？」

從士道的背後傳來熟悉的聲音。心裡感到驚訝的士道轉頭看往那個方向。然後，他看見一名身穿病人服，手中握著點滴架的少女佇立在那裡。

「折紙？」

沒錯。同班同學——鳶一折紙正站在那個地方。

以幾乎快要觸及肩膀的頭髮，以及猶如洋娃娃般的容貌為其特徵的少女。額頭纏繞著繃帶，纖細的四肢也到處貼滿了藥布。

折紙一看見士道的臉，立即輕輕地嘆了一口氣。儘管臉上的表情完全沒有改變，但是總覺得她似乎鬆了一口氣。

「太好了，你平安無事。」

「……是……是呀。」

該怎麼說呢？像這樣面對面地直接關心自己的安危，不知為何讓人感到有些難為情呀。士道搔了搔後腦杓，刻意挪開了視線。

不過，折紙依舊筆直地凝視著士道的臉，然後繼續說道：

「夜刀神十香呢？」

「——！」

士道被折紙的話嚇了一跳，原本刻意挪開的視線重新回到折紙身上。

這也難怪。因為十香與折紙每次只要一見面就會吵得不可開交。所以士道根本沒預料到折紙居然還會關心十香的情況。

或許是折紙以同班同學身分與對方相處之後，因此開始接納十香了也說不定。不知為何感到非常高興的士道，用力地點了點頭。

「啊啊，十香也平安無事唷。」

「嘖！」

「咦？」

「沒事。」

總覺得剛剛那一瞬間，士道似乎看見了不像是冷靜沉著的鳶一折紙大小姐會露出的表情？一定是自己的錯覺吧？暗自推斷出這個結論之後，士道的臉上浮現一個尷尬的笑容。

「不……不過，妳怎麼了嗎？為什麼會在這裡？病房應該不在這層樓吧？」

折紙繼續凝視著士道，同時出聲回答他的問題：

「我來詢問真那的病房在哪裡。士道呢？」

「啊啊……是這樣啊，我也是來探望真那的情況。」

「是嗎，來探病嗎？」

「對……對呀，就是這樣。」

「只有真那？」

「……呃……還……還有探望折紙的情況。」

「是嗎。」

折紙依舊面不改色地如此說道。但是不知為何，她似乎散發出一股難以形容的喜悅之情……總覺得有些良心不安。

「那麼，真那的病房在哪？」

「啊，啊啊……關於那個問題……她現在似乎還在接受治療，所以禁止會面。所以我正在拜託院方能不能通融一下……」

「……既然如此，那麼不管你等多久，應該都不會有結果。」

「咦？」

「雖然不能告訴你詳情，但我想院方現在應該正在使用高機密性的器材進行治療。直到移往一般病房大樓之前，任何人都禁止與真那會面。如果打算強行闖入的話，就會被抓起來關。」

「……！」

士道的眉毛抽動了一下。所謂「高機密性的器材」，指的恐怕是醫療專用的顯現裝置吧？士道記得令音確實說過這間醫院擁有這種設備。

能將幻想轉換成現實的奇蹟技術——顯現裝置，是國家的最高機密。所以院方採取這樣的應對方式也是理所當然。

「……我知道了，我下次再來。」

折紙點了點頭，然後就沒再說任何話了……只是一直凝視著士道的眼睛。

然後，兩人沉默了一段時間。

雖然明白呆站在醫院通道的正中間會造成他人很大的困擾，但是該怎麼說呢？士道就是找不到離開的好時機。

他額頭布滿汗水，努力從喉嚨間擠出聲音：

「那……那個……折紙，妳不用回病房嗎？」

「要回去。」

「是……是嗎？那麼，我就先告辭……」

然後，就在士道打算轉身走向出口的時候……碰搭！折紙突然直挺挺地倒伏在地上。

「折……折紙！妳沒事吧？」

士道慌慌張張地跪下來，抱住折紙的肩膀，將她的身體翻轉過來。或許是倒下時碰撞到地板的緣故，折紙的鼻子與額頭變得紅通通的。

由於跌倒的動作太過顯眼，周圍的職員與患者皆露出目瞪口呆的表情。但是，折紙表現出完全不在意周圍吵雜聲響的樣子，轉頭看向士道。

「我似乎無法一個人回到病房。」

「…………」

「送我回去。」

「……那個……」

「送我回去。」

「……我……我知道了啦。」

士道認命地點了點頭。

「那麼……妳有辦法獨自一個人行走嗎，折紙？」

「有困難。」

「……是嗎。那麼，妳稍等一下。我去借輪椅。」

然後，就在士道打算站起身的時候，折紙抓住了士道的衣服下襬。

「嗯？怎麼了？」

「我不喜歡輪椅。」

「咦？為什麼？」

「我很容易暈車。」

「…………」

坐在行走於醫院內部走廊這種平坦道路的輪椅上，怎麼可能會讓人暈車呢？這位平時都會裝備CR-Unit在天空中飛來飛去的ＡＳＴ隊員究竟在說什麼？雖然有諸多疑問想要提問，但是士道最後決定保持緘默。

「那麼，現在該怎麼辦？」

「背我。」

「啊？」

折紙的嘴裡突然冒出一句令人出乎意料的話，所以士道不自覺地提出反問。

不，這確實是最為適當的方法。但是……該怎麼說呢？士道完全沒想到那位鳶一折紙居然會說出這種話呀。

「背我。」

「那……那個……」

「背我。」

「…………是。」

明白即使拒絕也是白費工夫，士道轉過身背對折紙。瞬間，折紙輕快地站起來，然後將身子靠到士道的背上。動作迅速到幾乎讓人忘記折紙剛剛曾經昏倒過。老實說，與其說是「背」，士道覺得「被人強行抱住背部」這種說法似乎更為恰當。

「姆……」

把不小心睡在客廳的琴里背回房間是家常便飯之事，所以士道原本以為自己已經習慣背女孩

子了……不過，感覺果然有點不一樣呀。比琴里稍重的體重，清清楚楚地傳來女孩子特有的柔軟觸感。正確來說，士道覺得兩人之間的緊密貼合度似乎超過了正常範圍。

「……折紙，妳……妳會不會抱得太緊了？」

「不會。」

說話的同時，折紙又抱得更緊了。隔著薄薄一層病人服的乳房，用力壓向了士道的背部。

「嗚……咕……！」

以客觀的眼光來看，折紙並不算發育良好……不過一旦短兵相接，其破壞力也是相當駭人的呀。為了保持意識清醒，感覺到臉部慢慢發燙的士道用力搖了搖頭，然後用單手握住連接到折紙手臂的點滴架。

「那……那麼……折紙，妳的病房在哪裡？」

「西棟三樓。三〇五號房。」

「ＯＫ……我知道了。」

士道點點頭，一邊用單手移動點滴架一邊舉步往前走。

依循看板的指示，往中央棟與西棟的連接道路方向走過去。然後——

「哇呀！」

就在快要走上連接道路的時候，士道突然發出女孩子般的叫聲。

原來是因為折紙不安分地移動著手指，用近似於舔拭般的動作撫摸士道的身體。

「折……折紙。好癢啊……」

「是嗎。」

說完之後，折紙的手指終於不再動作。士道嘆了一口氣，再次邁開步伐。

抵達西棟之後，搭乘電梯上三樓，接著在折紙的指示之下繼續前進。

過了一會兒，這次換成後腦杓感受到被人胡亂玩弄的異樣感。

不過，折紙的雙臂依舊緊緊抱著士道的脖子。因為感到驚訝而皺起眉頭──不過，士道馬上就明白箇中原因了。伴隨著「嘶～嘶～」的呼吸聲，後頸感受到折紙的鼻息。

「折……折紙……？」

嘶～哈～嘶～哈～

「等等……」

嗅嗅、嗅嗅。

「喂……」

就在士道露出困擾表情，正打算轉頭的時候……

「咿！」

那一瞬間，預料之外的觸感傳遍全身，士道不自覺地跳了起來。

折紙明明無法使用雙手，但是不知為何，卻傳來一種像是在撫摸士道延髓，令人發癢的觸感。

「什麼？我剛剛被做了什麼事？」

士道極力壓制住混亂的腦袋，飛快地跑進指定的三〇五號房，然後將折紙扔到擺放在那裡的病床上。

「…………」

折紙以漂亮的姿勢在病床上安全落地。不知什麼緣故，她舔了一下嘴唇四周。

「哈啊……！哈啊……！」

雖然行走的距離並不遠，折紙的體重也不會特別重，但是不知為何，士道卻覺得異常疲倦。士道暫時靠在牆壁，慢慢調整呼吸。

大約經過一分鐘後，內心的悸動漸漸趨於平穩，這時士道才終於有餘裕觀察房間的模樣。

這是間以白色為基本色調的個人病房。大約三坪大小的空間裡，擺放著病床、櫃子、電視與椅子等傢俱。或許是之前有人來探病的緣故，櫃子上擺放著插在花瓶裡的鮮花，以及裝在籃子裡的蘋果。

「呃……那麼，折紙，我差不多應該……」

此時，士道的話還沒說完，折紙的肚子突然發出咕嚕嚕的聲響。

「妳還沒吃飯嗎？」
折紙點了點頭。
「是嗎……按按看呼叫鈴吧？」
「…………」
不過，折紙卻突然抬起頭，伸手拿起放置在櫃子上的蘋果。
然後，連同放置在籃子裡的水果刀一起遞到士道面前。
「幫我削。」
「咦？啊啊……可以是可以……」
沒有刻意拒絕的理由。他坐到附近的圓椅子上，從折紙手上接過蘋果與水果刀，將籃子放到膝蓋上，開始削起蘋果皮。
對於經常站在料理台前面拿著菜刀做菜的士道而言，這是相當簡單的工作。所以他花費不到一分鐘的時間就將蘋果切成八等分，排放在手邊的小盤子上。
「妳看，這樣就可以了吧？」
說完後，士道將放有蘋果的盤子遞給折紙。不過，折紙卻一臉不滿地搖了搖頭，完全不打算伸手接盤子。
「怎麼了，折紙？」

「餵我。」

「什……！」

士道維持伸手遞出盤子的姿勢，肩膀微微顫抖了一下。不過，不能再為了一些小事而驚慌失措了。於是士道咳了一聲，開口說道：

「不……這點小事妳應該有辦法自己做吧？」

「醫生囑咐過我不能做劇烈運動。」

「不，妳剛剛不是才全力以赴地一邊推著點滴架一邊走路嗎？」

無視士道的話，「啊～」折紙張開了嘴巴。

「……真是的……真拿妳沒辦法。」

士道在嘆息聲中拿起一塊蘋果之後，往折紙嘴巴的方向移動。就在這個時候，他看見折紙的眉頭突然抽動了一下。

「可以的話，我希望你不是用手而是用嘴——」

「……！嗚啊！」

不知為何，士道就是覺得不能讓折紙說完這句話。於是他將蘋果塞進折紙的嘴巴裡，強行打斷她的發言。

在凝視士道眼睛的同時，折紙咬下一半的蘋果，放進嘴裡咀嚼之後吞下肚。接下來，像是在要求士道手中剩下的另一半蘋果般，再次張開嘴巴。
「嗯，吃吧。」
於是，士道再次將蘋果遞給折紙。然後——折紙張開她的嘴巴，將蘋果連同士道的手指一口吞下。
「嗚呀！」
出乎意料的事態，讓士道不自覺地發出驚訝的叫聲。
「哈……哈哈……妳真是個小迷糊吶。」
臉上浮現尷尬笑容的士道，決定將蘋果留在折紙的嘴裡，然後把手抽出來。就在這個瞬間，折紙突然用力抓住士道的手腕，並且以驚人的力道緊緊地握住不放。
「咦……？咦咦！」
「…………」
不理會發出驚訝叫聲的士道，折紙維持按住手腕的姿勢，用舌頭在士道的手指上游移舔拭。舔。舔舔。舔舔舔。吸吸。噗啾噗啾。啜啜。
「喂……喂喂，折紙……！不，停，我說真的——折……折紙小姐！」
士道以變調的假音大叫出聲，手忙腳亂地揮了揮手之後，才終於從折紙的嘴巴將手抽離。兩人之間延伸出一道彷彿連結士道指尖與折紙嘴唇般，閃閃發光的唾液線條……由於這副景色看起來相當淫靡，士道不自覺地漲紅了臉。

「謝謝招待。」

折紙擦拭嘴巴之後，雙手合十，鞠了一個躬。士道在擦手的同時，臉頰留下一滴汗水。

「已……已經沒事了吧？」

聽見士道的話，折紙指向櫃子上方。

「那個。」

「嗯？」

沿著折紙所指的方向看過去。那裡放著基本款式的電子溫度計。

「必須測量體溫了。」

「啊啊，原來是這樣啊。」

士道拿起溫度計遞給折紙。不過，折紙卻沒有伸出手。

「嗯？怎麼了？不是要量體溫嗎？」

「我沒辦法自己量。幫我量。」

「啊？」

士道皺著眉頭反問。

「不，不對不對不對。只要用腋下夾住就可以量體溫了啊。」

「我不能做劇烈運動……」

「……好、好，我知道了啦。」

總覺得一直被牽著鼻子走呀，真是傷腦筋。士道嘆了一口氣，並且從盒子裡取出溫度計。

「話說回來……我要怎麼幫妳量體溫？這件事情幾乎不需要我的幫忙吧？」

「坐到這裡來。」

「啊？好的……」

聽見士道以困惑的語氣提出來的疑問，折紙拍了拍病床。

感到疑惑不解的士道在折紙指定的地方坐了下來。然後，折紙站起身，蜷起身子坐在士道前面。於是兩人現在呈現出來的姿勢，剛好與先前士道背折紙的姿勢相反。

「折……折紙……？」

可以從髮絲間窺見的白皙脖子近在眼前。士道趕緊挪開視線。

不過，折紙卻若無其事地直接解開病人服的鈕扣，然後毫不忸怩地敞開前胸。

「……！妳……妳妳妳妳妳妳妳妳在做什麼呀，折紙！」

「——時崎狂三轉學過來的時候，士道常常因為她的舉動而感到臉紅心跳。」

「咦……咦？」

「……所以我判斷採取主動出擊的姿態，才能獲得最大效果。」

折紙喃喃自語地低聲說道。然後，抓住握著溫度計的士道的右手。緊接著，慢慢把他的手引領到自己的左腋下。

「——放進來，士道。」

「…………？」

「將溫度計……」

明明是一句很正常的話，但是不知為何卻讓士道感到非常難為情。

「不，這種事情也太……」

「如果不願意的話，我就要請你幫我擦拭身體和換衣服——」

「我願意做！我選擇幫妳量體溫！」

「是嗎。」

折紙表現出有點失望的模樣點了點頭，把臉朝向正前方。士道嚥了一口口水，將拿在顫抖手中的溫度計慢慢地靠近折紙的腋下。

「……！」

然後，在溫度計前端接觸到肌膚的瞬間，折紙全身顫抖了一下。

「妳……妳沒事吧，折紙？」

「沒事。只是因為……有點冷。」

「是……是嗎……」

士道重新振作起精神，再次移動溫度計。

「……啊——……嗯——！」

折紙不斷發出只有在這種距離之下才能聽見的微弱的，既像呻吟又像喘息，令人難以形容的聲音。

平時的折紙是絕對不會發出類似這種虛弱而虛幻的喘氣聲。所以每當這種聲音震動鼓膜時，士道就會被殺死一千個腦細胞。

「嗯……士道，再——深一點。」

「……那……那個……」

「如果，插得……不夠深的話……就無法……量到……正確的……體溫。」

「好……好的……」

明明只是在量體溫而已，但是不知什麼緣故，士道卻覺得自己好像正在做某種下流齷齪的事情。不過，這只是錯覺。一定只是錯覺而已。

為了讓自己恢復冷靜，士道一邊在心中默念般若心經（只不過內容是隨便唸唸），一邊將溫度計插進折紙腋下的最深處。

「嗯嗯……！」

瞬間，折紙的身體彈跳了一下，背部用力弓起。

過沒多久，「哈啊～哈啊～」折紙的呼吸開始變得紊亂。

「折……折折折折折折折折折紙……？」

「——抱緊……我。」

「那……那個……為……為什麼又……」

「溫度計……要掉下去了。」

「啊……呃，嗯……說得也是吶。」

為了固定折紙腋下的溫度計，士道聽從指示加重手中的力道。

沒錯，萬一掉落的話，溫度計將會出錯並且無法測量體溫，所以這也是沒有辦法的事情。這是不可抗拒的因素。是士道這種渺小的人類所無法違抗的大宇宙定律！

折紙身體的柔軟觸感與體溫傳遞到自己的手臂、胸部以及腹部。況且，從脖頸微微飄散出來的汗味連續不斷地刺激著士道的鼻腔。士道覺得自己彷彿陷入了頭頂被掀開來、腦袋被亂攪一通的混亂狀態中。

——然後，就在這個時候，溫度計響起輕快的聲響，將士道的意識拉回到現實。

「呃！」

他猛然張大原本迷迷糊糊的雙眼，將溫度計從折紙腋下拔出來。

「啊……！」

此時，折紙的身體再次顫抖了一下。士道努力屏除雜念，專心看向溫度計上頭的數字。

「三十六點二度……沒……沒有發燒吶。」

「……是嗎。」

折紙用依依不捨的語氣如此說道，接著以極為緩慢的動作闔上病人服的前襟。然後，轉頭看向士道。

「士道。」

「什……什麼……？」

「你的技術……非常好。」

「……！是……是是是……是嗎……」

士道完全不明白所謂的「技術好」是什麼意思，不過總覺得開口請折紙說明的話反而會徒增困擾，於是只能點頭回應。

「那麼、那麼……這一次，我真的要回去囉。妳要保重吶，折紙。」

士道拉開自己與折紙之間的距離，然後繞過折紙的身體下床。接下來，直接往房門的方向走過去。但是……

「——我可以……麻煩你最後一件事嗎？」

面對士道的背影，折紙開口說道。

「……什麼事？」

士道感受到一股不詳的預感逐漸從背部擴散開來，如此反問道。這一次又會被要求做什麼事情？但是，折紙卻說出令人出乎意料的話。

「昨天的事情。我希望你告訴我時崎狂三與我們交戰之後的事情。天空中應該有出現另一名精靈。一名身上穿著看似和服的靈裝，操控火焰的精靈。」

「──────」

士道不由自主地屏住呼吸。

他嚥下一口口水，喉嚨發出「咕嚕」一聲。折紙所說的精靈，一定就是琴里沒錯。

「你還記得嗎？」

「……記……記得。」

猶豫了一秒之後，士道點點頭。

雖然也想過要裝傻，但是折紙已經見到琴里的身影了，所以士道判斷即使這麼做也沒有任何意義。如果他否認見過那名自己理當有看見的精靈的話，反而會引起折紙的懷疑也說不一定。

看不出是否有察覺到士道的緊張，折紙只是以平靜的語氣繼續說道：

「那個時候，我馬上就被時崎狂三擊昏，喪失了意識──即使是細微的小事也可以，如果你有關於那名火焰精靈的線索的話，我希望你能告訴我。」

「不……那個，該怎麼說呢？因為我也是馬上就昏倒了，所以關於詳細情形，我也……」

「……是嗎。如果你有想起任何事情的話，請你要立刻告訴我。」

聽見士道的話，折紙表現出失望的模樣，輕輕嘆了一口氣。

「好……好的……」

士道在點頭的同時，察覺到一股難以言喻的不協調感。

折紙是自衛隊ＡＳＴ隊員。打倒精靈是她的任務。所以會想知道新出現的精靈也是理所當然的。不過……該怎麼說才好呢？士道總覺得與平常相比，折紙現在的模樣似乎有些異常。

「妳為什麼會那麼想要知道那位精靈的事情……？」

「那是因為……」

折紙在此處停頓了一下，輕輕咬唇之後繼續說道：

「你還記得我之前對你說過的話嗎？」

「之前……？」

「我告訴過你『我的雙親是被精靈殺死的』。」

「——啊啊……我記得。」

士道點了點頭表示肯定。怎麼可能會忘記。因為那就是折紙會憎恨精靈、憎恨摧毀世界的災難的主要原因。也就是，發生在五年前的那起事件。

「五年前，召喚大火襲擊南甲町住宅區，在我眼前燒死雙親的精靈——就是那名操控火焰的精靈。」

「什——」

士道驚訝到不知道該說些什麼。

像是被人用手插進腹部，每次呼吸時五臟六腑就會被緊緊勒住似的感覺。呼吸越來越困難，胃部深處不斷湧上令人不適的噁吐感。

深深吸了一口氣，然後再吐氣。接下來，重新思考折紙所說的話——但是，士道卻只能在記憶裡尋找到混亂與分歧。

折紙的確曾經說過……

火焰精靈，殺死了她的雙親。

——琴里，殺死了她的雙親。

「——我一直都在尋找。一直，一直在尋找。」

折紙沒有發現士道的驚慌失措，繼續說道：

「好不容易找到了。終於找到了。
殺掉、殺掉。絕對要殺掉。用我的雙手。
五年來，我就是為此而活的。
為了這個瞬間，所以我加入了AST。
為了這個瞬間，所以我努力取得顯現裝置。
為了這個瞬間，所以我學會所有技巧與技能。
這一切，都是為了打倒犯人。
這一切，都是為了殲滅火焰精靈。
這一切，都是殺死〈炎魔〉。」
從平時的模樣來看，很難想像折紙會說出如此的滔滔雄辯。在這之中，折紙羅列出許多詛咒的話語。
面無表情、聲音平淡。沒有任何誇大的舉動。即使如此，那番話中卻充斥著足以讓聽者感到揪心的深刻怨恨。
〈炎魔〉。那應該是為身為精靈的琴里所取的識別名吧？
——五年前。這個時間點確實與琴里的話互相吻合。
「不過，怎麼會這樣？難道……那個傢伙——」

「你知道些什麼嗎？」

折紙歪著頭說道。士道突然回過神來，搖了搖頭。

「沒……沒有……不是那樣的。」

「是嗎。」

折紙說出這句話的同時，突然將原本一直盯著士道的視線往下移。瞬間，士道像是脫離束縛般地鬆了一口氣。但是，話題並沒有就此結束。士道以提心吊膽的語氣開口說話：

「折……折紙。」

「什麼事？」

「假如妳不想說的話，可以不用說沒關係……不過如果可以的話，妳能不能再多說一點與那名在五年前現身的精靈相關的詳情？那……那個，或許我會因此回想起一些事情……」

士道說完後，折紙點了點頭。

「那一天，當我買完東西要回家的時候——」

折紙以平靜的語調開始述說。被捲進火災現場的雙親，其實一開始還活著。不過，精靈現身後，就在折紙面前殺死雙親。由於意識朦朧與視線模糊不清的緣故，折紙並沒有清楚看見精靈的長相。這起事件發生後，折紙才知道被判斷為引起火災的真正原因——原來就是精靈〈炎魔〉。

雖然是發生在五年前的事情，但是折紙卻敘述得非常流暢——簡直就像是前些日子才經歷過的經驗般。

「…………！」

在專心聽折紙敘述的時候，士道發現自己的心臟劇烈而吵雜地鼓動著。

因為折紙尚未說出士道最想獲知的情報。

也就是——那名精靈與琴里之間，決定性的差異點。

士道完全無法相信殺死折紙雙親的會是那個琴里。

「——事情就是這樣。」

不過，最後在沒有找到佐證的情況下，折紙就將事情敘述完畢了。

像是要尋求協助般，士道朝著折紙的方向踏出一步。

無論如何，不管是什麼線索都好。為了獲得琴里並非犯人的證據，士道提出了問題：

「沒……沒有其他線索了嗎……？那個，與昨天所見到的那名精靈相比——」

但是，就在此時……

「——正在會客中的各位來賓您好，今日的會客時間已經結束，仍然停留在院內的來賓，請您儘速離開。重複一次——」

從走廊方向傳來的廣播聲，直接蓋過了士道的發話。

「什麼？」

折紙歪了歪頭，希望士道再次重複剛剛的提問。不過，士道不發一語地搖了搖頭：

「不，不——沒什麼。妳要保重吶，折紙。」

折紙點點頭。然後士道便趕在折紙開口說話之前，急急忙忙地離開病房了。

雖然說會客時間已經結束，不過應該還有數分鐘的緩衝時間。

但是，士道卻無法再次詢問那個問題。受到廣播聲影響而被削減氣勢確實是一部分原因。不過，士道本身也隱隱約約地察覺了。

——一定是因為，自己感到相當害怕的緣故。

——害怕折紙會說出……五年前的那名精靈就是琴里的證據。

「…………」

士道盡可能不發出任何聲響地關上房門之後，將視線轉移到走廊的同時，邁步往前走。

這裡是醫院的走廊，再加上安全因素，理論上應該要慢步行走才對。

但是，彷彿要宣洩無處發洩的思緒般，士道的步調自然而然地越走越快。將手放置在胸口壓抑劇烈的悸動，同時發出「喀噔喀噔」的腳步聲。

「……！」

最後，讓快步行走到出入口的士道停下腳步的，是突然在口袋中開始震動的手機。

這個時候，士道才想起自己在進入醫院的時候，忘記將手機電源關掉了。他慌慌張張地走出醫院之後，從口袋拿出手機，按下通話鍵。

「喂……」

「……喂，小士嗎？」

「令音？」

因為急急忙忙地接聽電話，所以士道並沒有確認來電畫面。不過從那種聽似充滿睡意的聲音，以及稱呼自己為「小士」這兩點來判斷，士道馬上就知道電話那頭的主人是誰……雖然已經認識一段時間了，不過令音依舊叫錯士道的名字。

「……是的。你應該已經探望過真那了吧？」

「啊……是的。哎呀，應該算是吧。」

「……？真是含糊不清的回答呀。」

「那個……事實上，她現在似乎正在接受治療，所以目前禁止會客。」

「……哦，是嗎？」

說完後，不知為何，令音發出不悅的呢喃聲。

「怎麼了嗎？」

「……不，沒什麼。比起這個，小士，你現在可以回來〈佛拉克西納斯〉一趟嗎？是關於琴里的事情——」

「──────！」

令音所唸出來的名字，讓士道的聲音哽在喉嚨中。

離開〈佛拉克西納斯〉之前所見到的琴里的模樣，以及剛剛折紙所說的話在腦中上下震盪，內臟疼痛的感覺也侵襲而來。

「琴……琴里怎麼了嗎？」

「……不，不是那樣的。根據協商的結果，我們決定要召開作戰會議。」

「作戰會議？」

「……小士，讓琴里迷戀上你雖然是一件相當困難的事情。不過……這一次的情況，我們擁有在攻略十香與四糸乃的時候所沒有的強大優勢。」

「優勢……嗎？」

「……沒錯。理由非常單純簡單。與突然現身的精靈不同，這一次的攻略對象，已經跟你、跟我們共同度過許多年的歲月。她的興趣嗜好、喜愛的事物、偏好的場所、想要的物品……等等等等。我們已經擁有其他精靈所無法比擬的大量情報……況且，雖然只有一天多的時間，不過還是規劃了擬定計畫的時間。所以我們也只能有效利用這段時間了。」

「說……說得也是。」

令音說得沒錯。司令官模式的琴里雖然是一名相當難以對付的人，但是事前的個人資料持有率確實是其他精靈所無法比擬。就某方面來說，琴里也可以說是最容易擬定對策的攻略對象。

「……因此，我們決定將熟悉琴里的船員召集起來，一起討論兩天後的約會計畫。所以希望小士務必出席這場會議。」

既然如此，那也沒辦法了。士道用力地點了點頭。

「我知道了。雖然不知道能不能幫上你們的忙，不過請讓我協助你們吧。」

「……謝謝你的幫忙。那麼，〈佛拉克西納斯〉會去接你上船。可以請你先回家嗎？」

「好的，我明白了──對了，令音。」

「……嗯？什麼事？」

「呃……那個，關於五年前的事情……琴里她──」

「……琴里？」

令音如此回問道。不過，士道並沒有將剛剛那句話說完。可能是因為自己還無法整理好思緒來組合出一個問題──而且，士道也還在猶豫該不該向身為琴里部下，同時也是琴里好朋友的令音來詢問這個問題。

「……不，沒事。」

「……？是嗎。那麼，待會兒見。」

令音說完後，掛掉電話。士道沉默不語地按下通話鍵，將手機放回口袋中，然後踏著沉重的

步伐向前走。

◇

「士道！」

當士道搭乘〈佛拉克西納斯〉的傳送裝置移動到艦內時，令音與十香已經在傳送間等候了。可能是因為沒有多餘的替換衣服，十香身上穿著與令音相同的軍裝。

「哦！這不是十香嗎？妳醒了——」

士道的話都還沒說完，十香就已經飛撲過來了。

「嗚……嗚哇！」

士道對於這個突發狀況感到相當驚訝，身體一瞬間凍結在原地。不過，十香卻不假思索地將手繞過士道的脖子，然後用～力～地抱住士道。

「嗚姆！士道！你沒事嗎！太好了！」

「嗯……託妳的福吶。」

士道一邊苦笑一邊拍了拍十香的肩膀，催促她趕緊放開自己。十香說了一聲「嗯」並且點了點頭。就在察覺到士道意思的十香正要抽身離開的時候——

「……嗯？」

她一臉訝異地皺起眉頭，然後將臉再次靠近士道的脖子，彷彿在聞某種味道似的。

十香維持這個姿勢不斷抽動著鼻子。

「什……什麼？怎麼了嗎，十香？」

「不……總覺得聞到一股惹人厭的味道吶。該怎麼說呢……應該算是好聞的味道，但是聞著聞著卻會讓我怒上心頭、火冒三丈……啊啊，對了，因為聞起來很像是鳶一折紙的味道。」

十香緊繃著臉孔如此說道。真是靈敏的嗅覺呀。士道的心臟重重地跳動了一下。

「——！應……應應應是妳的錯覺吧……？」

「姆……是嗎？說得也是吶。居然說士道身上有鳶一折紙的味道，我是怎麼了呀？只要士道沒有做出背那個女人之類的舉動，就不可能會沾染上她的味道呀。」

「……！對……對呀。怎麼可能會有那種事呢！」

「……差不多該走了，小士。」

然後，一直在旁邊看著士道與十香的令音，輕晃著腦袋如此說道。與其說她一如往常般睡眠不足，不如說她現在看起來很像是處於隨時都會昏倒的狀態。

「啊……是的，抱歉。」

「……嗯，那麼跟我來吧。十香，可以請妳與四糸乃玩一會兒嗎？」

「嗯？我不能跟士道一起去嗎？」

十香將眉毛皺成「八」字形，同時凝視著士道的臉龐。儘管胸口感到一陣刺痛……但是不能讓十香參加這場為了讓琴里迷戀上士道的會議。

「抱歉吶，十香。我現在有點要事。」

「姆……我知道了。」

儘管不悅地嘟起嘴，十香還是乖乖地如此回應，然後轉身離開。

「……好了，我們走吧。」

說完後，令音搖搖晃晃地邁步向前。士道則跟在她的背後前進。

通過一段從來沒走過的道路之後，抵達一扇偌大的門。令音一站到那扇門前，立即傳來「嗶嗶」聲響，接著門便自動開啟了。

「……好了，進去吧。」

令音站在門旁催促著士道。

裡頭是個寬廣的空間。擺放在房間中央的大型圓桌，已經有幾名船員就坐其中。看來這裡似乎是拿來作為作戰會議室的場所。

「……選個空位坐下吧。」

令音以猶如幽靈般搖搖晃晃的舉動移動腳步，最後坐到了空位上。士道也模仿令音的舉動，在隔壁的位置坐了下來。朝手邊的方向看了一眼，那裡擺放著小型液晶螢幕與鍵盤。看來每個位置上，似乎都裝設有簡易的控制台。

然後，坐在最裡頭位置的男人輕咳一聲之後，霍地站起身來。

長及背部的頭髮，以及看起來不像是日本人、五官立體深邃的容貌。眼前這名身材高眺的男人擁有彷彿會出現在古老少女漫畫中的氣質。

神無月恭平。這名男人是這艘空中艦艇〈佛拉克西納斯〉的副艦長，同時也是〈拉塔托斯克〉實戰部隊的副司令官。在琴里被拘禁在隔離區的這個情況下，他應該算是這艘艦艇的最高指揮官。

「都到齊了吧，各位。關於這起緊急事件，將由我——神無月代替司令來主持這場會議。士道，希望您能花一點時間參與這場會議。」

「是，這是當然。」

士道點點頭。然後，神無月一臉滿足地點頭示意並且繼續說道：

「那麼，我們直接切入主題吧。有些人在以前就明白司令的身體狀況了，有些人則是透過這次的事件才初次曉得實情……雖然每個人的狀況不盡相同，但是希望各位能全力協助。

——今天的主要議題是擬定出兩天後五河司令與士道的約會計畫。請大家互相介紹各自帶來的情報，讓司令能度過打從心底感到愉悅的一天。」

說完這段話之後，神無月環視在屋內並排而坐的船員們——然後吸了一大口氣。

「……小士，稍微摀一下耳朵。」

「咦？」

令音突然對自己說出這句話，士道不解地歪了歪頭。然後——

「——好了，各位。親愛的〈拉塔托斯克〉特務人員們。這件事情對於我們所敬愛的女神而言非常重要。現在是我們報答恩情的時刻。司令！五河琴里司令！正需要我們的幫助！你們有沒有足以回應此事的氣概！」

**「有！」**

神無月以宏亮的聲音吶喊。接著，坐在圓桌旁的船員們不約而同地以大叫出聲的方式來回應神無月的話。驚人的轟聲巨響讓空氣產生振動，在房間牆壁經過幾次回響，最後粗暴地敲進士道的鼓膜。

「什……什麼！」

對士道的驚慌失措視若無睹，神無月繼續說道：

「你們想被司令誇獎嗎！」

**「想！」**

「你們想看到司令的笑容嗎！」

**「想！」**

「你們想讓司令命令自己趴在地上，然後被她用靴子的鞋跟狠踢重點部位嗎！」

**「想……咦？」**

這一點似乎無法贏得大家的贊同。神無月乾咳了一聲。

「就是現在！我們要表現出自己的愛意！歌頌那個崇高名諱吧！」

**「KO·TO·RI！**

**KO·TO·RI！**

**L·O·V·E·KO·TO·RI！」**

（註：「KOTORI」是「琴里（ことり）」的羅馬拼音。）

整個會議簡報室陷入一陣狂熱。已經與發號施令或議論無關，現場情況看起來簡直就像是一場偶像明星的演唱會般。

「很好！那麼開始報告吧！我們要完成司令的希望、司令的願望！我們要讓司令害羞臉紅！」

# 「是！」

回應神無月的發言之後，船員們開始操作手邊的控制台調查現有的資料。

耳朵到現在還殘留著「嗡～」的耳鳴聲，士道輕輕搖了搖頭：

「剛……剛剛那是什麼呀……」

「……該怎麼說呢？大家都非常喜愛琴里呀。」

「是嗎……」

臉頰流下一滴汗水，士道如此說道。緊接著，從圓桌的對側傳來說話聲。聲音的主人是一名頭髮開始摻雜白髮的纖瘦男子。如果沒記錯的話，他的名字應該是——〈社長〉幹本。

「副司令！我想發言！」

「很好，允許你發言！」

「是！無論如何，送禮是最基本的方法！在清楚對方喜好的情況下，與普通的精靈相比，我們反而更能掌握送禮的重點！大家應該都知道司令最喜愛的東西就是加倍佳呀！如果我們能做出原創口味並且將它獻給司令的話——！」

「ＮＯＮ！太膚淺了！你認為以我們這種程度的知識，有辦法超越司令對於加倍佳的愛嗎！請你注意！對方最為摯愛的事物，便是最難以贈送的禮物啊！」

「……非……非常抱歉！」

「下一個！」

「是！」

配合神無月的號令，另一名船員從座位上站起身來。圓眼鏡為其特徵，他是〈穿越次元者〉中津川。

「根據司令的國中同學‧早乙女加奈的情報，司令最近似乎相當沉迷於手機APP的養育小豬遊戲──」

「等等，你從哪裡獲得這個情報的！」

再也按捺不住的士道大叫出聲。於是中津川臉上浮現一個大大的微笑，並迅速地豎起手指。

「別擔心！我有付出相當高額的掩口費，而且為了不讓〈拉塔托斯克〉的祕密曝光，我有認真扮演好『想跟小琴里交往的變態跟蹤狂』這個角色！」

「那是什麼角色啊！」

「哈啊……哈啊……喂、喂，小妹妹，剛剛跟妳走在一起的女孩是妳的朋友吧……？我……我會給妳零用錢的，所以妳能不能告訴我關於那女孩的事呢……？」

「真糟糕啊啊啊！話說回來，意思是加奈同學將朋友的情報賣給你這個傢伙了嗎！」

「她似乎是因為母親生病，所以急需用錢。苦惱了好久，最後才做出這個決定。現在還會因為後悔而淚灑枕頭。」

「抱歉啊，加奈同學！我不知道妳是有苦衷的！」

士道用手抱著頭。接下來，一名中年男子——〈迅速進入倦怠期〉川越從座位上站起來。

「副司令，接下來我想發言。」

「很好，我相當期待你的意見唷。」

「是——首先，請看看這個。這是五月二日當天的影像。」

說完後，川越操作手邊的控制台。接著，設置在圓桌中央的螢幕開始播放艦橋的影像。

琴里正坐在艦長席的位置上。看起來很像是剛完成了某項工作。「嗯嗯……」琴里伸了一個懶腰，然後一邊用手按摩肩膀一邊開口說道：

「……呼，好累。真想偶爾去洗個溫泉放鬆一下呀。」

「……！」

看見這個影像，並排而坐的船員們紛紛為之騷然。

「溫……溫泉……嗎……」

「是的。司令確實是這麼說的。因此，以下是我的提議。」

說話的同時，川越將螢幕影像切換成復古風格的溫泉旅館。

「為您獻上悠閒的一時片刻。洗滌身心疲勞，在洋溢解放感的氛圍中修生養息。月見原溫泉四天三夜之旅！我相信從泉源湧出的天然溫泉一定能消除司令那疲勞的肩膀與心靈吧。」

「原……原來如此……！」

「而且，不僅如此。這個溫泉，雖然有時間限制——但是有混浴！」

「什……！」

船員們再次嘩然。川越以驚人氣勢迅速地攤開雙手。

「根據調查的結果，司令與士道最後一次一同洗澡的時間，大約是五年前！」

「為……為什麼連這種事情都知道……！」

即使士道大聲喊叫，卻還是被川越完完全全地忽視了。川越以熱情的語調繼續說道：

「兩人平常是不會意識到男女性別的兄妹關係，不過，相隔許久的共同入浴將會讓士道察覺到妹妹令人意外的成長；司令也會對哥哥的身體產生不可思議的感覺……！不受理性控制的劇烈心跳。在不經意的肌膚接觸下，開始意識到對方的兩人……！當然，我們將會派出比平時多出好幾倍的攝影機來記錄下這一切！」

「哦……哦哦……！」

船員們騷動了起來。有幾名女性特務人員不知為何聚在一起，興奮地喘著氣。表現出「別有目的」的模樣。

「——接著迎接最後的夜晚。快樂的時刻終將結束。這個時候，司令將鼓起勇氣說：『……

哼，今天可以陪你一起睡唷。』」

「……！……！」

船員們彷彿在掙扎般地扭動身體。

「其中一人牽起對方的手，不知不覺身軀重疊在一起。接下來，嘴唇終於也碰觸在一起！啊啊！可喜可賀呀！司令！可喜可賀呀……！」

川越用手摀住雙眼。仔細一看，川越正在哭泣。不，不只川越。除了令音以外，坐在圓桌旁的所有船員們都感動到眼眶泛淚。

「士道……司令就麻煩你多多照顧了……」

「拜託你，請你一定要讓她幸福……」

「嗚喔喔喔……」

在許多雙被淚水濡濕的眼睛的注視下，感到相當為難的士道搔了搔臉頰。

「不、不，即使你們這麼說……」

「為什麼回答得這麼曖昧！你這樣算是男人嗎！」

「沒錯！請你負起責任來！」

「不能將我們的司令交給那種男人啊！」

大家似乎都以琴里的父親身分自居。露出困擾的表情，用手扶住額頭。

然後，像是要制止這個場面般，神無月「啪！啪！」地拍了拍手。

「不過，真是個好提議呀！賜與你聖琴里動章(Saint Kotori)！」

「感謝您！」

川越用拳頭碰觸另一手的掌心，然後低下頭來。士道看著眼前的景象，對坐在隔壁的令音小聲說道：

「那個……『聖琴里動章』是什麼啊？」

「……神無月使用琴里的照片所自製的胸章。」

「……是嗎。」

總覺得，似乎並不是很珍貴的動章。

不過，面對認為方針已經大致底定而互相點頭贊同的船員們，令音突然如此說道：

「……不過，四天三夜的時間應該會超過琴里的極限吧？」

「……啊。」

船員們露出目瞪口呆的表情，面面相覷。

接下來，臉上同時浮現困擾的表情。

「嗯、嗯……令音說得沒錯。難道不能想辦法將時間縮短嗎？」

「不可以！因為在這個計畫當中，前兩天的若即若離的微妙距離感，是最後一夜是否能成功的最大關鍵……！」

「……而且，我認為琴里在最後一夜所採取的行動，與其說是計畫的一部分，不如說是大家的願望吧？」

「啊……！」

被令音這麼一說才察覺到這件事情，所有人都屏住呼吸。

「嗚——那麼應該怎麼辦才好呢……」

神無月苦惱地低聲呢喃。看見這副模樣，令音輕輕嘆了一口氣。

「……哎，其實不用想得那麼複雜呀。」

「妳的意思是？」

「……沒錯。小士，琴里有沒有說過想去什麼地方呢？」

「想去的地方……嗎？」

「……是的。盡可能排除經由傳聞或偷聽等管道得知的消息，我希望你能告訴我們琴里在知道小士聽得見的情況下所說出來的話。如果是直接對小士說『帶我去』的場所，那就再好不過了。」

「好……好的……」

士道用手抵著下巴。說到琴里央求自己帶她去的場所——

「呃……啊，有了。雖然忘記確切日期，不過我記得琴里曾經在看過電視廣告之後，對我說希望我能帶她去榮部的海洋公園……」

「……嗯，是嗎。那麼就決定那個地方吧！」

令音以輕鬆的態度一邊點頭一邊如此說道。

「這……這樣可以嗎？雖然琴里說過這種話，但是那個時候並不是司令官模式，而是妹妹模式喔！」

「……無所謂。她並沒有像四糸乃那樣擁有另一種人格。反而妹妹模式才是她流露真正感情的時候，那樣不是更好嗎？」

「是嗎……」

不過，神無月卻不悅地皺起臉。

「海洋公園……嗎？哎呀，雖然那確實是熱門的約會地點，但是這個提議缺乏明確的計畫，實在很難讓人輕鬆說出『好，就這麼決定』這種話啊……」

其他船員似乎與神無月的意見相同。所有人都表現出一副難以允諾的樣子，並且緊緊閉起嘴巴。

「……如果去海洋公園的話，就能看見琴里穿泳衣的可愛模樣囉。」

「…………！」

不過，因為令音的一句話，現場響起所有人倒吸一口氣的聲音。

……出乎意料之外的，賭上琴里以及〈拉塔托斯克〉命運的約會計畫，居然如此輕易地定案了。

## 第八章　泳裝戰爭

隔天，六月二十一日，星期三。

今天既非國定假日，也不是補假日……不過，士道他們所就讀的都立來禪高中，今天卻臨時宣布停課一天。哎呀，不過這也是理所當然的。因為學校的所有學生，以及教職員工全都病倒了，而且全都陷入短暫昏迷的狀態之中。

幸好學生們的病症並不嚴重。但是校方為了徹底實施瓦斯管線等檢查，決定停課一週。

「……哎呀，這應該算是值得慶幸的事情……吧？」

「……好了，快要十點了。我們剛剛已經將四糸乃從這裡傳送到公寓頂樓了。過沒多久，她應該就會抵達你那邊了吧。」

就在士道一邊鎖上家門一邊嘆氣的時候，令音昏昏欲睡的聲音突然傳進士道的右耳。

但是，令音的身影卻沒有出現在附近。眼所能見的，只有戴在士道右耳上的小型耳麥。

沒錯，今天士道必須接受內容以明天與琴里的約會為主的特別訓練。

「所以，在今天的訓練裡，我到底要做什麼？完全沒人跟我說明……」

士道用手輕輕碰觸右耳並且詢問道。「今天早上在家門口前與十香、四糸乃會合。」士道只有被告知這件事情。

「……啊啊。與十香她們會合之後，你們就直接前往天宮車站，目的地是雙子大樓的B館四樓……你要在那裡幫她們隨意挑選一件泳裝。」

「泳……泳裝……！」

士道皺起眉頭。眼睛自然而然地看向右方──傳出聲音的方向。十香以及四糸乃的泳裝姿態。光是聽見這句話，士道就變得滿臉通紅了。

「……沒錯，就是泳裝。錢在昨天已經交給你了吧？那些金額應該相當足夠才對。」

「不，那……那倒是無所謂……不過，到底為什麼要買泳裝呢？」

「……小士。你明天將與琴里一起去海洋公園吧？既然如此，為了避免當天變得過於緊張，所以從現在開始，你必須習慣看女孩子的泳裝姿態。」

令音以理所當然的語氣如此說道。士道半瞇著眼睛，臉頰微微抽動。

「……呃，令音？就算是我，也不可能會因為看見妹妹的泳裝姿態而感到緊張……」

「……是嗎。哎，就算真是如此，果然還是，不──正因為如此，所以才有必要接受訓練呀！會出現在海洋公園的少女可不只有琴里。如果你在難得的約會中被其他的女孩子吸引住目光的話，那可就傷腦筋了。」

「……」

士道原本打算馬上回答「不可能」，但是考慮到數十秒前的自己光是想像就會變得滿臉通紅，因此最後還是不敢把話說得太滿。「嗚嗚……」咬了咬嘴唇，士道在嘆息聲中點了點頭。

「唉……我知道了啦。」

然後，就在說出這句話的時候，後方傳來腳步聲。應該是十香或四糸乃從公寓走出來了吧。士道微微舉起手並且轉過頭……

「哦！早──」

接下來，身體凍結在原地。出現在眼前的人既不是十香也不是四糸乃，而是身穿針織衫搭配裙子這種方便活動衣服的折紙。

「折……折紙？」

「…………」

折紙不發一語地點點頭。

「妳今天有什麼事嗎？居然會在這裡遇見妳，真是稀奇──」

話才說到一半，士道突然回過神來，肩膀顫抖了一下。表現出不會讓折紙察覺到異狀的自然模樣，用手掩住嘴邊，然後以細微的音量對耳麥提出疑問。

「令音？難道這也是你們的安排嗎……？」

「……不，我並不知情。」

「是……是嗎……」

將原本遮住嘴巴的手移到旁邊，士道搔了搔臉頰然後看向折紙。

「話說回來，妳的身體沒事吧？昨天明明還在住院……」

「我的傷勢並不嚴重。在那之後，我在接受檢查之後，沒多久就獲得出院許可了。」

「是嗎……那真是太好了。所以，那個……真那呢？」

士道一這麼問，折紙似乎微微皺了一下眉頭。

「還沒有恢復意識……就算真那醒過來，也不見得會過來這裡。不過，也好。能遇見士道也算是幸運。」

「咦，妳的意思是……」

「士道！」

「呀喝～讓你久等了～」

就在士道打算反問的時候，從聳立在五河家隔壁的公寓傳來這樣的聲音。往那個方向看過去，發現身穿淡色背心與裙子的十香和身穿吊帶裙的四糸乃正佇立在眼前。

「姆？」

不過，原本笑臉滿面的十香在注意到士道身旁的少女的同時，眉毛突然抽動了一下。接下來，臉上慢慢浮現帶著警戒的神情。

「鳶一折紙……！妳為什麼會在這裡！」

她一邊說話一邊迅速地跑過來，擋在士道與折紙之間，轉身面對折紙，發出「嗚嗚嗚……」的威嚇聲。

不過，折紙完全不怕對方的恐嚇，而且還往四糸乃的方向瞄了一眼。

「〈隱居者（Hermit）〉……？妳為什麼會在這裡？」

「……！」

四糸乃似乎感到相當害怕，肩膀顫抖了一下。可能是因為受到以前被ＡＳＴ追殺的經驗所影響，也有可能只是單純地害怕折紙那冷淡的眼神而已。

不過，彷彿要保護四糸乃般，戴在左手的手偶立刻插嘴說話。

「好了好了，這位小姐，可以請妳不要欺負四糸乃嗎？如果一直愁眉苦臉的話，等妳老了以後，會有很多小皺紋唷！」

聽見這種挑撥言論，折紙眉毛動都不動一下，將視線挪回到士道身上。

「這是怎麼回事？」

「呃，不，那個……」

士道回答得語無倫次，並且挪開視線。話說回來，這好像是四糸乃被封印靈力之後，與折紙的第一次會面。

在折紙尚未接納十香的情況下，居然又出現另一名精靈。她一定會起疑心吧？不過，即使如此，還是不能說出〈拉塔托斯克〉的祕密。

「……真是麻煩呀。想辦法轉移她的注意力。」

「要……要我想辦法……」

聽見來自令音的不明確指令，士道露出困擾的表情。然後，看見兩人從剛剛開始就隔著自己的肩膀進行對話，十香終於按捺不住地揮舞雙手。

「不……不准忽視我！妳這傢伙，我正在問妳到底來這裡幹什麼呀！」

折紙看了四糸乃一眼之後，輕輕嘆了口氣，接著倏地看向十香。

「——夜刀神十香。我有事情想要問妳。」

「什麼？」

十香驚訝地皺起眉頭。就連士道也感到意外的一句話。原本還以為折紙一定是來找士道的。

「妳想問什麼？」

「妳還記得前天出現在天空中，全身纏繞著火焰的精靈嗎？」

「……！」

聽見折紙的問題而倒吸一口氣的人，不是被詢問的十香，而是士道。

原來如此，原本還想不通折紙會來詢問平時與自己交情不好的十香什麼問題呢？現在仔細想想，其實折紙的做法也不無道裡。當琴里出現在天空中時，待在屋頂上的人只有士道、折紙、真那、狂三以及十香五人。所以折紙會將目標瞄準最後一名人選——十香，也是理所當然的事。

「令……令音……！」

士道皺著眉對著耳麥呼喚令音的名字。

情況相當地不妙。琴里現身的時候，十香她確實在場。所以十香非常有可能有看見琴里的容貌。

「……冷靜一點，小士。事情應該不會那麼容易被發現。」

「但……但是——」

士道一邊傾聽自己心臟所發出來的劇烈心跳聲，一邊將視線轉回到折紙與十香身上。

應該要阻止十香然後打斷她的發言嗎？不，這麼做的話，反而會讓折紙起疑心。不對，如果任由事情自行發展下去的話——

然後，就在士道左思右想之際，十香抱起手臂開口說道：

「哼！就算知道，我也不會告訴妳！」

說完之後，十香鼓起臉頰。

士道鬆了一口氣……沒想到兩人的壞交情居然會在這個時候派上用場。

「…………」

不過，事情並沒有就此落幕。折紙保持無言、無表情的模樣站立在原地一會兒。接著，慢慢地往後退一步並且低下頭。

「拜託妳。」

「什……！」

出乎預料的發展，讓士道瞪大了眼睛。那個折紙，居然會對十香低頭！

十香似乎也有同感。驚訝地睜大雙眼，表現出手忙腳亂的模樣，慌慌張張地搖了搖頭。

「別……別這樣！妳……妳到底有什麼目的！」

「我希望妳能告訴我有關火焰精靈的事，拜託妳。」

「我……我明白了！我明白了，所以妳趕快抬起頭來吧！這樣很噁心呀！」

聽見十香的大聲嚷嚷，折紙倏地將抬起頭來。

「所以？」

「姆……火焰精靈呀。我確實看見了。」

十香果然有捕捉到琴里的身影。聽見十香的話，士道的全身開始緊繃──不過……

「那個……看起來就像是……嗯，紅紅的。」

折紙沉默不語地凝視著十香。

「——還有呢？」
「嗯？還有……對了，實力很強！」
「只有這樣？」
「唔！那個……還有給人『噗哇～』的感覺。」
「…………」
折紙再次沉默了一會兒之後，開口說道：
「真是沒用。」
「妳……妳說什麼！我好心回答妳的問題，妳那是什麼態度呀！」
「是我太愚蠢，居然對程度低下的妳有所期待。定點監視器或是錄音器都比妳還有存在的價值。」
「妳這傢伙，居然說出這種話……！」
「哎，好了好了，冷靜一點。」
士道暗自在心中鬆了一口氣的同時，拍了拍十香的肩膀。
十香雖然尚在氣頭上，不過還是乖乖地順從士道的意思，不發一語地撅起嘴巴。
「——話說回來，你們在做什麼？」
折紙環顧士道、十香以及四糸乃，同時開口問道。

「哼，我才不會告訴妳士道要替我們買泳裝這種事情呢！」

「你們要去買泳裝嗎？」

折紙將視線轉移到士道身上。

「不，哎，那個……沒錯。」

「是嗎。」

說完後，折紙突然轉過身，直接朝向來時的方向邁步往前走。

不過，折紙在前進了幾步之後就停下腳步，然後看似刻意地拍了拍手。

「這麼說來，我只有學校規定的競泳泳衣而已。」

她一邊說出這句話，一邊用手輕拍額頭，然後以誇大的動作搖了搖頭。

「再這樣下去，萬一遇到需要前往游泳池或是海邊的場合，那可就傷腦筋了。」

士道沒有說話。折紙往後方瞄了一眼。

「那可就傷腦筋了呀。」

「……那個……」

感到相當傷腦筋的士道，搔了搔臉頰。然後，耳邊傳來令音平靜的聲音。

「……小士，沒辦法了。約她一起去吧。」

「沒……沒問題嗎……？讓她和十香以及四糸乃……」

「……沒辦法。按照這個情形來看，如果放任不管，她應該也會追上來吧。而且，『作為教材的女孩子人數增加』這件事情本身也不是壞事吶。」

「嗚……」

士道輕而易舉就能想像到那個畫面，額頭布滿汗水露出一抹苦笑。

他嘆了一口氣，轉過頭面對還在刻意裝出困擾模樣的折紙：

「如果可以的話，要不要一起去呢，折紙？」

「要去。」

「什──！」

就在折紙轉身面向這裡並且點頭的同時，十香的臉上浮現錯愕表情，肩膀也顫抖了一下。

「為……為什麼呀？士道！今天要去購物的人不是只有我、四糸乃以及『四糸奈』嗎！為什麼偏偏要讓鳶一折紙跟我們一起去呢！」

「好……好了，不要那麼生氣嘛。她看起來很困擾啊。」

「嗚嗚……但是……！」

十香表現出難以接受的樣子咬緊臼齒。

接著，折紙表情平淡地用力點了點頭。

「如果妳這麼討厭我的話，那也沒辦法了。我不跟妳們去了。」

「妳……妳說什麼！」

對於折紙一反常態的直率感到驚訝，十香的臉上浮現訝異的神情。

然後，折紙踏著輕快的腳步回到士道身邊，然後牽起士道的手往前走。遲了一秒之後，十香才回過神來。

「等……等一下！妳在做什麼！」

「我要跟士道去買泳裝。妳就跟〈隱居者〉一起去吧。」

「為……為什麼事情會變成這樣！」

「因為妳說『不想跟我一起去』。所以也只能這樣了。」

「什……才不是這樣！我才不是這個意思——」

十香的話還沒說完，折紙便加強手中的力道，用力拉起士道的手。突然受到引力的牽引，士道就這樣被拉著往前走。

「士道！妳這傢伙——把手放開！」

「不過，那麼做的話，妳就必須跟我一起去購物了唷。」

「是……是嗎……？」

「沒錯。這也是沒辦法的事。」

聽見十香語帶困惑的聲音，折紙自信滿滿地點了點頭。「嗚嗚……」十香低聲呻吟了一會兒後，不甘心地開口說道：

「我……我知道了。妳可以跟來，快點放開士道！」

「是嗎，不過我不要。」

「──！」

十香的臉上浮現錯愕的神情。

「如果想要一起去的話，就得好好請求別人的同意。」

「什……什……」

不懂自己現在置身於什麼狀況，十香只能交互地看著士道與折紙的臉。

「如果做不到的話也無所謂。我就跟士道兩個人去。」

「等……等一下！拜……拜託妳！拜託妳帶我一起去！」

看著被折紙牽著手的士道的身影，十香大叫出聲。折紙突然鬆開手中的力道，然後緩緩看向十香。接著，優雅地輕啟嘴唇：

「不要。」

「什……！」

十香錯愕地瞪大眼睛，眼看眼淚就要奪框而出了。

「……喂。」

再也看不下去的士道瞇起眼睛，嘆了一口氣。

結果，最後折紙還是跟著大家一起來購物了。

雖然在尚未抵達目的地的途中，十香與折紙相處得非常不好——哎，不過仔細想想，現在兩人的相處情況其實跟平時的學校生活相差不遠。走進天宮車站前的雙子大樓B館，乘坐上電梯之後按下目的地樓層的按鍵。

或許是因為今天是非假日的上午，所以人潮比平常還要少。就連乘坐這台電梯的，也只有士道一行人而已。

「對了，士道。」

然後，就在電梯開始傳出猶如低沉呻吟般的馬達聲時，十香突然歪了歪頭。

「嗯？怎麼了？」

「『泳裝』到底是什麼東西呀？」

「咦？」

士道瞪大眼睛反問道。這麼說來，學校的體育課還沒開始上游泳課，所以十香會不知道也是理所當然的。

話雖如此，但是要向女孩子重新解釋「什麼是泳裝」這件事情，還是讓士道感到有點難為情。士道微妙地挪開視線並且開口說道：

「嗯……那個呀，所謂的『泳裝』就是——」

「——Mi-Zu-Gi（註：日文「水着」的羅馬拼音，中文意思即為「泳裝」。）是新型的對精靈專用殲滅兵裝之一。在發動的同時，搭載在裝備上的顯現裝置會啟動臨界驅動，將彈頭分解成分子大小之後發射出去，能輕易貫穿靈裝，徹底破壞對方的身體組織直到無法復原的地步。那個時候所承受的痛苦是筆墨所難以形容的。基於過度不人道的理由，因此在國際法明文規定禁止對人使用此項裝備。」

折紙滔滔不絕地說出這段話。「咿！」十香不禁倒吸一口氣。

「什……這……這是真的嗎？士道……！」

「不，不是這樣的……」

就在士道打算修正這個說法的時候，折紙再次打斷他的發言。

「是真的。我也沒想到他會知道Mi-Zu-Gi的存在。」

「為……為什麼士道要買那種東西……」

「理由非常簡單。對精靈殲滅兵裝只能用來對付精靈。所以他一定是想要趁妳們兩人放下警戒心的時候，從背後展開偷襲。」

「……！」

十香的臉色變得蒼白，全身僵硬無法動彈。彷彿要躲避折紙而站在士道身後的四糸乃，也輕輕地倒吸了一口氣。

「不……不要騙人了！士道才不會做這種事呢！」

「……我……我也……這麼認為……」

十香大叫出聲之後，很少發話的四糸乃也如此說道。

「沒……沒錯吧，士道。」

就在士道打算點頭回應的時候，折紙捏住鼻子，開口說道：

「不，折紙說得沒錯。我一直想要找機會殺了妳們！」

「難……難道士道你……真的……！」

「不，聲音完全不像吧！不要被騙了啊！」

就在士道大叫出聲的同時，十香突然回過神來，肩膀顫抖了一下。看來十香終於察覺到自己被騙了。不知是害羞還是生氣的十香漲紅了臉，然後緊咬牙齒。

「妳這傢伙，卑鄙的鳶一折紙！妳欺騙了我，對吧！」

「我聽不懂妳在說什麼。」

「……妳們兩個，在店內不要大聲喧嘩。」

士道努力安撫隔著自己開始爭吵的兩人，然後嘆了一口氣。即使已經習慣她們的爭吵，不過還是會感到疲倦呀。

「與字面上的意思一樣，所謂的『泳裝』就是下水時所穿著的衣服唷。」

聽見士道的簡潔說明，十香暫時收回對於折紙的怒氣，然後歪了歪頭。

「下水……？只為了這個原因就要特地更換衣服嗎？」

「是呀。衣服沾到水就會變得濕淋淋的，穿在身上會很不舒服吧？」

「哦哦，原來如此！士道，你真是個天才呀！」

「不，這個方法不是我想出來的。」

士道一邊搔臉頰一邊露出苦笑。

走出電梯之後，陳列著五彩繽紛泳裝的空間立即映入眼簾。現在已經是六月下旬了。所以對於店家而言，現在應該是泳裝熱賣的旺季吧。

「……好了，前面花了太多時間，現在要正式開始了。先讓她們隨意試穿幾件泳裝吧。」

然後，至今一直保持沉默的令音，突然出聲說道。

「……要挑選哪個樣式就交給你決定了。千萬不要被她們的美豔身影迷昏頭而顯得驚慌失措唷。最重要的是要維持平常心。」

「……我知道了。」

說完後，士道與十香一行人踏進泳裝賣場。不知從何處傳來店員「歡迎光臨～」的高亢聲音。

率先跑出去的是十香。一臉好奇地環顧店內，歪著頭說道：

「所以，士道，哪個才是『泳裝』呀？」

「嗯，掛在那裡面的全部都是哦。」

「你……你說什麼……？」

聽見士道的話，十香瞪大眼睛，雙手頻頻發抖，

小心翼翼地拿起一件連身式泳裝仔細端詳，輕輕撫摸布料確認手感之後，十香像是突然想起某件事情似的，突然抬起頭來。

「原來如此，是這樣嗎？除了泳裝之外，應該還會再穿上其他衣服吧？」

「不……只有穿一件泳裝。」

士道搔了搔後腦杓並且如此說道。十香露出驚慌的表情轉過頭來。

「這……這個根本無法遮掩身體呀！為什麼面積這麼小呢……！」

「不，哎呀……應該是……為了方便活動的緣故吧？」

「唔……唔唔……你說得沒錯。不過這個與鳶一折紙所穿的那個什麼什麼套裝非常相似……有點令人難為情呀。」

「…………」

聽見十香的話，折紙目不轉睛地盯著十香。雖然一句話都沒有說，但是不知為何，折紙看起來很像是在生氣。

「……哎，總之快點讓她們其中一人先試穿。」

令音透過耳麥如此說道。士道輕輕敲擊耳麥表示自己了解了。然後，將三人納入自己的視線並且開口說道：

「好……好了……總之，先試穿自己喜歡的款式吧。」

折紙立即點了點頭，四糸乃也害羞地點頭答應。看見這兩個人的反應，十香只好紅著臉說：

「……這是特例唷。」

接下來，緊緊握起拳頭，然後面對四糸乃做出戰鬥姿勢。

「好……一決勝負吧，四糸乃！」

「那……那個……還請妳手下留情……」

聽見她們兩人的交談，士道歪了歪頭。

「一決勝負……妳們要做什麼？」

「嗯。今天我與四糸乃兩個人之中，最能讓士道心兒怦怦跳的那一方，就能獲得與士道約會的權利。」

「什……！」

士道瞪大眼睛，然後敲擊耳麥。接著馬上聽見令音那昏昏欲睡的聲音。

「……嗯，我想說既然要做，就稍微提昇一點困難度吶。」

「怎……怎麼這樣──」

「對了，士道！」

途中，十香突然出聲說話，打斷了士道與令音的對話。

「什……什麼事，十香？」

「到底該怎麼做，士道的心才會怦怦跳呢？跑步嗎？跑很遠的路？」

「……嗯，那麼做的話，心臟應該會怦怦跳吶。」

臉頰流下汗水，士道露出苦笑。的確，心臟應該會跳動得相當劇烈吧。

不過，就在此時，四糸乃戴在左手上的「四糸奈」發出咯咯笑聲。

「啊～哈哈～不對啦～說到『要讓男孩子心兒怦怦跳』這件事情，只有一個方法呀。」

「嗯？那麼到底該怎麼做？」

「嗯～哎呀，雖然幫助四糸乃的敵人並非我的本意，不過打敗一個什麼都不知道的小孩子也挺無趣的～喂、喂，十香，妳過來一下。」

說完後，「四糸奈」做出招手的動作。接著，等到十香將臉湊過去之後，便以士道聽不到的微小音量說悄悄話。然後……

「什……！」

話說完的同時，十香的臉倏地變得紅通通一片。

「哎，雖然妳一定贏不了四糸乃，不過還是請妳要加油呀～」

「四糸奈」拉著四糸乃走向店裡頭。十香只能呆呆地目送她們的背影。

「喂、喂，十香……？到底說了些什——」

「哈呼！」

就在士道伸手碰觸十香肩膀的同時，十香突然發出奇怪的叫聲、全身顫抖了一下。

「十……十香？」

「姆……不，抱歉。我沒事唷。不過……是嗎，真是傷腦筋吶。不過如果不這麼做的話，士道就不會怦然心動呀……」

「不，所以妳到底聽到了些什麼呀！」

然後，就在士道大叫出聲的同時，折紙靜悄悄地從背後出現。

「——我明白規則了。與士道約會的權利將會由我獲得。」

「什……！跟……跟妳沒有關係吧！」

十香露出嚴厲的神情瞪向折紙。但是，折紙卻完全不以為意，拿了好幾件泳裝進入試衣間。

「唔……我……我一定不會將約會權拱手讓給那個女人……！」

十香握起拳頭，拿起靠近手邊的泳裝進入折紙隔壁的試衣間。

「……那個……」

事情的發展似乎有點出乎意料之外。士道搔了搔臉頰。

他忽然轉頭看向四糸乃，發現四糸乃似乎還在挑選泳裝。四糸乃似乎想要挑選連身款式，但是「四糸奈」則是拚命推薦露出度較高的性感泳裝。

就在士道看著她們的時候，十香走進去的那間試衣間的門簾，唰一聲地被拉開來了。

「士道！」

說完這句話，身穿連身式泳裝的十香有點難為情地展露出自己的身體。

「哦，哦哦……」

士道不自覺地瞪大眼睛。士道知道十香是位不折不扣的大美女，而且擁有出眾的勻稱身材。但是，士道很少有像這樣將十香從頭頂打量到腳尖的機會。這件泳裝設計得相當簡單。不過，正因為如此，才更能襯托出十香純潔無暇的美麗，並且撼動士道的內心。

「怎……怎麼樣？士道。你的心兒有怦怦跳嗎！」

「呃——啊，那個……嗯。」

「是……是嗎！既然士道這麼說的話……嗯，繼續加油！」

說完後，十香高興地露出微笑。然後，彷彿偵測到士道的心跳次數般，士道的右耳傳來熟悉的警報聲。

「……出局。冷靜一點，小士。」

「啊——」

被令音這麼一說，士道才發現自己一直呆呆地盯著十香的身體。耳邊傳來令音感到驚訝的嘆息聲。

「……無論如何，既然失敗了就必須接受懲罰。」

懲罰。聽見這個不吉利的字詞，士道覺得背脊忽然竄起一陣寒意。

「還……還有懲罰啊……！到……到底是什麼……」

當琴里還在的時候，士道常常受到令人毛骨悚然，忍不住想高喊：「不要，住手！這樣我娶不到老婆呀！」的對待。因此士道不得不提高警戒心。

不過，令音沉默了一會兒之後，居然開始跟待在耳麥另一邊的〈拉塔托斯克〉船員們開始說話。接下來，經過數秒之後……

「……該怎麼辦呢？」

令音突然說出這句話。士道不自覺地往前踉蹌了一下。

「你……你們還沒有想到嗎？」

「……嗯，因為我們不像琴里那樣手中握有你的小辮子呀……」

這也是理所當然的。如果再被人握住小辮子的話，士道就要哭了。自己畢竟是男子漢啊。

令音低聲呢喃。然後，經過數秒之後，像是想到什麼似地出聲說道：

「……好，那麼就這麼做吧。當你完成再次封印琴里的靈力之後，必須在晚上親一下已經躺在床上的琴里的臉頰，然後對她說：『祝妳好眠，My sweet sister。』」

「什——什麼！」

聽見這個出乎意料之外的懲罰遊戲，士道不禁錯愕地大叫出聲。

「……這麼一來，只要琴里不在時發生這種事情，我們就能以『公開這段影像』的方法來當作對你的懲罰吶……好了，請加油吧。只要每失敗一次，畫面就會跟著增多唷。」

令音完全不理會士道提出的抗議。士道只好懷抱著絕望的心境，用手扶住額頭。

然後，就在士道思考的途中，十香隔壁的門簾打開了。

「……！」

看見對方的身影，士道瞬間呆愣在原地。

折紙纖細的身軀被繞頸露背式的比基尼包覆。由於泳裝的顏色屬於暗色系，將折紙的皮膚襯托得更加白皙。不管是平時總是隱藏在衣服裡的大腿、鎖骨或是肚臍等，都會讓人想多看兩眼。

而且，為了配合泳裝打扮，折紙將頭髮綁成一束，從髮絲間隱約窺見的脖子顯得更加誘人。士道察覺到臉部自然而然地開始發燙。

「士道，你覺得好看嗎？」

「……！呃，啊……啊啊……非常……適合……妳。」

「是嗎。」

折紙面無表情，但是卻相當愉悅地點了點頭。然後，赤腳走出試衣間，在士道面前轉了一圈。

看見她的身影，心臟跳動得更加劇烈了。於是，士道的耳邊再次傳來警報聲。

「……除了晚安之吻以外，還要再加上陪睡。」

「——！糟……糟糕！」

回過神來的士道肩膀搖晃了一下，不過已經太遲了。令音已經在懲罰遊戲中加入更令人絕望的項目。

「咕……嗚嗚嗚……」

此時，士道聽見十香所發出的低吼聲。十香以銳利的視線看著士道與折紙，一臉懊惱地緊咬牙齒。

「士道！把那裡的泳裝拿給我！」

「咦……？」

十香所指的，是陳列在士道附近的比基尼。那件泳裝設計得相當性感，布料面積大約只有十香現在穿在身上的泳裝的四分之一而已。

「這……這件嗎？但是十香，妳不是會害羞——」

「不要問那麼多，快點拿給我！」

士道依循十香的指示，將泳裝遞給她。接下來，十香像是強行奪取般地將那件泳衣搶過來，然後拉上門簾。接下來，門簾之內發出一陣聲響之後——

「這……這件如何！」

再次拉開門簾的同時，與剛剛給人的印象完全相反的十香現身了。

穿上士道剛剛遞給她的，擁有大膽設計的比基尼泳裝，臉頰微微泛紅的十香，想要用手遮掩大腿與肚臍——不過在察覺到「如果遮起來就沒有意義了」這件事情後，又想要縮回手。於是，十香就這樣慌慌張張地重複以上的動作。

「這……這件……」

士道不自覺地嚥了一口口水。剛剛折紙的泳裝姿態相當好看，不過十香穿上這件泳裝之後又展現出另一種魅力。暗色系的比基尼讓十香健康勻稱的身材顯得更加光彩奪目。而且，最重要的是，十香不習慣暴露肌膚所表現出來的微妙羞恥感，讓整體分數呈現倍數成長。老實說，真是好看到讓人受不了的地步啊。

「……好，接著追加早安之吻。」

「啊——！」

右耳傳來令音的聲音，士道全身顫抖了一下。士道完全陶醉在十香的美麗之中。這次是沒有狡辯空間的出局。

「士道，這……這件適合我嗎……？」

十香忸忸怩怩地磨蹭大腿內側，同時如此詢問道。士道點頭贊同。

「是……是嗎！」

「…………」

不過，這項舉動卻燃起了折紙的鬥志。於是折紙沉默不語地進入試衣間。

過沒多久，門簾被拉開，已經重新穿上原本那套外出服的折紙的身影出現在眼前。原本還以為折紙會換穿另一件露出度更高的泳裝來對抗十香……！對於已經做好心理準備的士道而言，這種打扮確實讓自己感到有點意外。

而且十香似乎也有同感。在第一瞬間驚訝地看著折紙的裝扮之後，抱起手臂哼了一聲。

「嗯，很乾脆地認輸了嗎？真是個明智的做法吶！」

不過，折紙卻忽視十香的話，只是不發一語地朝向士道招手。

「咦？什……什麼？」

滿臉疑惑的士道走到折紙身邊。然後折紙用力抓住士道的手，並強迫他抓住自己的裙襬。

「咦咦！」

「妳……妳在做什麼！可惡的傢伙！」

看見士道發出錯愕的叫聲，十香用嚴厲的口氣如此說道。

不過，折紙卻表現得非常冷靜，並且靜靜地開口：

「——掀起來。」

「什……！」

士道與十香的聲音，完美地重疊在一起。右耳似乎聽見了警報響起的聲音，不過士道已經沒有餘裕理睬那件事情了。無法理解折紙的舉動，士道的目光變得飄移不定。

「妳……妳在說什麼呀，折紙！這種事——」

「沒錯！妳這傢伙！這樣根本就是違反規則嘛！」

「我有好好地遵守規則。士道，掀起來。」

「不，這……這種事情……」

士道的指尖不斷顫抖，聲音也變得含糊不清。於是，折紙在抓住士道的那隻手，注入更多的力道。裙襬，漸漸被掀起來了。

「等……等一下，折紙……！」

即使想嘗試抵抗也徒勞無功。禁忌的三角地帶緩慢而確實地現身了。真是悲哀吶，士道畢竟是男生。即使目光飄移不定，不過還是清清楚楚地將裙底風光收入眼簾。

沒想到折紙的便服底下，居然還穿著白色的泳裝。

「什……！什麼！」

十香發出充滿驚訝的聲音。

「我說過了吧。我沒有違反規則。」

折紙有點得意地看了十香一眼。

原來如此，這是充滿創意的勝利。不是提高暴露範圍，相反的，是將其隱藏起來。

如此一來，就能將泳裝的破壞力提高好幾倍。利用走光所奪來的勝利。不愧是來禪高中引以為傲的天才。士道利用快要沸騰的腦袋歸納出這個結論。

「無論如何，最令他怦然心動的人是我——約會權就由我接收了。」

「怎……怎麼可能……」

十香慌慌張張地跑到士道身邊，將耳朵貼近士道的胸膛。

傾聽士道心跳聲好幾秒的十香，露出了驚訝的表情。

「心臟怦怦亂跳……」

折紙從容不迫地將裙子翻正。

「乖乖認輸吧。」

「嗚……嗚嗚嗚嗚……」

十香不甘心地緊咬牙齒。將折紙的手揮開之後，抓住士道的右手。

「十……十香……？」

不知道十香想要做什麼，士道瞪大了眼睛。

滿臉通紅的十香用雙手握住士道的右手，然後像是下定決心般地說了一句「好！」並且振奮起精神。

「四糸奈……我決定相信你的話唷……！」

十香一邊說話，一邊將士道的手朝自己的方向拉過來。

「什——！」

士道在千鈞一髮之際將力道注入到右手上，阻止了這個舉動。

因為這項舉動的目的地——居然是僅有包覆著一件泳裝，十香那柔軟的酥胸呀。

「等……妳……妳在做什麼呀！十香！住手！」

「不，不行不行……！為我怦然心動吧，士道！」

「我有、我有！我的心臟跳動得非常劇烈啊！」

「真……真的嗎……？」

十香不安地將眉毛皺起「八」字型，然後再次把耳朵貼近士道的胸膛。

接下來，經過數秒之後……

「心臟因爲一折紙而跳動的速度比較快……！」

十香大聲喊出絕望的叫聲之後，決定再次將士道的手壓向自己的胸部。此時，十香已經害羞到臉部猶如酸漿草般紅通通一片。

「等……等一下！冷靜一點，十香！妳也覺得很害羞吧？不要逞強！」

「沒……沒問題的……！如果是士道的話，那就無所謂！以前你也有摸過吧！」

「那句話是什麼意思？請你說清楚。」

「不要在意那種小事，快點幫忙阻止這個傢伙呀啊啊！」

然後，士道發出了悲鳴聲。就在這個瞬間……

「士……道……！」

不知從何處傳來細若蚊鳴的聲音。

「咦……？」

十香與折紙似乎也察覺到那個聲音了。兩個人突然停止動作，驚訝地皺起眉頭。

「姆……剛剛的聲音是……？」

「…………」

「是……四糸乃吧？」

士道豎起耳朵仔細聆聽。然後，再次聽見那個微弱的聲音。

「士……道……請……請你……救救……我……！」

這個聲音似乎是從第三間更衣室傳出來的。

——救救我。意識到這句話的瞬間，士道立刻驚慌失措地跑到更衣室旁邊，然後伸手拉住門簾。

「……！四糸乃，我要打開囉！妳沒事吧？」

他用力拉開門簾。然後——出現在眼前的景象是……

「士……士道……」

衣服大敞、呈現半裸狀態的四糸乃。以比基尼款式的泳裝纏繞在手臂上的姿勢，一邊遮掩胸部一邊哭泣著。

該怎麼說呢？四糸乃的樣子與嬌小的身軀相輔相成，全身上下散發出一股妖豔魅力，幾乎要讓士道萌生出既變態又悖德的禁忌性癖了。

「因……因為只用單手……所以，穿不上去……」

四糸乃虛弱地說道。

耳邊響起今日以來最大聲的警報聲。

……獲得與士道約會權的勝利者，在這一瞬間揭曉了。

◇

「唉……總覺得今天好累呀……」

坐在位於〈拉塔托斯克〉內部休息室的長椅上，士道大大地嘆了一口氣。將紙杯靠近嘴邊，一口氣喝光杯內的咖啡歐蕾。

雖說是「休息室」，不過實際空間並沒有那麼寬敞。只是在走廊牆壁稍微內凹的場所架設幾台不同種類的自動販賣機（免費），前方擺放兩張長椅，剩下的就只有放置兩盆高聳的觀葉植物而已。是個相當簡單樸素的空間。

其實這裡還有另外規劃設備更完善的飲食空間，不過士道還是喜歡待在比較不會有人經過的地方……尤其是像今天這樣疲憊的日子。

「還好現在只是訓練，正式約會時我會不會使盡全力也無法達成任務呢……」

結果在那之後，士道送給三人一人一件泳衣，接著吃完午餐便回家了。

之後，士道被令音叫去再次確認計畫。雖然途中還有邀請十香與四糸乃一起共進晚餐，不過兩人的會談還是花費了不少時間。

其實士道很想與琴里再次對談，但是琴里的狀況還不是非常穩定，所以最後這個請求還是沒有被接納。於是直到明天為止，士道只能無所事事地四處閒晃，待在這種地方發呆。

「…………」

他呆呆地眺望天花板，輕輕嘆了一口氣。

直到剛剛都還沒有不對勁的地方……但是一旦空閒下來之後，一些讓人不願面對的杞人憂天念頭突然油然而生。

具體來說──是昨天聽見的，折紙所說的那番話。

（五年前，召喚大火襲擊南甲町住宅區，在我眼前燒死雙親的精靈──就是那一名操控火焰的精靈。）

「真的是……琴里……嗎……？」

琴里。士道的妹妹，殺死了折紙的雙親。

這種事情，讓人一時難以置信，也不願相信。

但是，折紙不可能會說謊。這也是不爭的事實。

「真相……到底是什麼呢？」

只要探索五年前的記憶，士道的腦袋深處──伸手不可及之處就會產生一股刺癢的疼痛。

「嗚……」

沒錯。士道至今都還沒回想起那起事件的全部經過。

——五年前到底發生了什麼事情？

——士道或者琴里為什麼會知道封印靈力的方法？

完全……想不起任何事情。就好像是有人在士道的記憶中，裝上巧妙的過濾器般，讓人感到相當不舒服。

「可以坐在你隔壁嗎？」

然後，頭頂突然傳來男人的聲音，士道的肩膀不自覺地顫抖了一下。

他抬頭往上看。手中握著紙杯的神無月正佇立在眼前。

「啊……請坐。」

士道如此說道。神無月露出一個微笑之後，坐了下來。

「怎麼樣？士道？你對明天的計畫有自信嗎？」

「不，哈哈……老實說，我感到非常不安。我完全無法想像自己有辦法讓琴里迷戀上我。就連在五年前封印琴里力量的事情也同樣令我難以置信——」

話才說到一半，士道突然停止說話。因為士道沒有任何相關記憶，所以根本無法定論自己「相信」或是「不相信」。

「……？怎麼了嗎？」

「啊啊……那個，其實……」

士道將至今仍然無法回想起五年前那起事件的事情，簡單扼要地說明了一遍。

「嗯……喪失記憶……嗎……」

「……是的。只有這起事件，讓我完全想不起來。」

「哎呀，原來是這樣呀。」

「咦？」

士道瞪大眼睛。神無月將手中的紙杯靠近嘴邊然後回應道：

「其實，當我們初次說明司令其實是精靈的時候，司令似乎覺得相當驚訝。如果她記得五年前的那起事件的話，應該會出現不同的反應吧。」

神無月將紙杯放置在椅子上，像是想到某件事情般地用手抵住下顎。

「唔……如果方便的話，我讓你看段影像吧？」

「影像……？」

士道皺起眉頭提出疑問。然後，神無月用力地點點頭。

「是的。那是段捕捉到五年前發生在天宮市南甲町的那場火災的影像。雖然只有幾秒鐘而已，卻出現了很像是已經精靈化的司令，以及士道的身影。」

「……！」

士道屏住呼吸，瞪大了眼睛。幸好剛剛已經將咖啡歐蕾喝光了。如果現在還拿著杯內裝有液體的紙杯的話，一定會大量潑撒到地板上吧。

「有留下那種東西嗎！」

「是的，我記得那段影片好像是某家電視台的直昇機所拍攝到的。不過，在公開之前，母帶就被〈拉塔托斯克〉扣押了——我去幫你準備吧？」

「拜……拜託你了……！」

毫不猶豫。士道立即點了點頭。

◇

「折紙！妳既然出院的話，應該盡早聯絡我們呀。」

與士道一行人告別後，折紙在回家前，先來到天宮駐防基地的CR-Unit飛機庫。然後，AST隊長——日下部燎子如此說道。

身上穿著工作褲與黑色背心，胳膊挾著寫字夾板，另一隻手則握著筆，看起來像是在執行某種物品的運送檢查。由於CR-Unit是種精緻而且擁有高度隱密性的設備，所以有資格接觸到設備的人是少之又少。因此即使是身為實戰要員的AST隊長，也必須經常處理這類型的雜事。

折紙微微垂下眼睛，搖了搖頭。

「我被牽扯進一件重要案件當中。」

「重要案件？話說回來，那是什麼呀？」

燎子輕輕挑眉，指向折紙拿在右手上的紙袋。折紙將紙袋抱到胸前，靜靜地輕啟雙唇說道：

「這是價值連城的禮物——同時，也是在我心中刻劃下失敗苦澀的可憎之物。」

「啊……？那……那是什麼東西？」

燎子驚訝地皺起臉孔，然後凝視著折紙拿在手上的紙袋。哎，其實裡頭裝的是士道送給折紙的泳裝。

「我不會原諒〈隱居者〉的。」

「喂，為什麼會突然冒出〈隱居者〉的名字呀？」

於是，就在燎子的臉頰流下一滴汗水並且說出這句話的時候，擁有粗鄙外觀的運送車輛拖曳著巨大裝備，緩慢地靠近這裡。

「哎呀。喂，折紙，妳也稍微讓開一點。」

燎子一邊說話，一邊對折紙招手。於是折紙朝著那個方向邁步往前走。

就在這個時候，折紙瞄了一眼正從後方通過的運送裝備。那是被保護用的安全帶所綁住，全長大約超過五公尺以上的巨大裝備組合。

「這是？」

聽見折紙的問題，燎子一邊用筆在寫字夾板上書寫，一邊做出回應。

「嗯～這是新配置過來的實驗機唷。DW-029討伐兵裝〈White Licorice〉。擁有兩支大型光劍〈Cleaveleaf〉、兩門五十點五口徑的魔力砲〈Blaster〉、八座武器貨櫃〈Rootbox〉。是個能將相當於AST一個中隊的火力集中在單一成員身上的詭異裝備組合唷。」

「…………」

折紙沒有說話，抬頭仰望那個過於巨大的兵裝。

「如果使用這個的話，有可能打倒〈炎魔〉嗎？」

「啊？妳在說什麼呀。妳不能使用這個裝備。妳沒有這個權利，也沒有這種技術。因為這是DEM公司直接派送過來的實驗機。哎，從理論值來看，這似乎是足以打敗精靈的裝備。不過……據說DEM的專屬巫師(wizard)在完整裝備的情況下行動三十分鐘之後，就形同廢人了呢。我不會害妳的，奉勸妳還是打消念頭吧。」

「……為什麼那種裝備會出現在這裡？」

「嗯。好像是因為DEM的某名了不起的人物，認為真那可能有辦法使用這項裝備，所以才送過來這裡唷。哎，不過關鍵人物——真那尚在沉睡中，所以這項裝備也派不上用場呀。」

「是嗎。」

「話說回來……〈炎魔〉？是五年前現身的那名火焰精靈？為什麼妳會突然提到這個名字？

我們只有在五年前發現過〈炎魔〉的蹤影，從此之後就再也沒有——」

然後，燎子突然停止說話。

察覺到異樣的折紙看向燎子。然後，彷彿想起某件事情般，燎子彈了一個響指。

「啊啊，是嗎——那就是〈炎魔〉嗎？」

「……什麼意思？」

折紙微微皺眉，轉身面對燎子，直接往前踏出一步，像是在逼問般地如此說道。燎子被折紙那異常的模樣嚇到，朝著與折紙相反的方向往後退了一步，然後微微直起身子。

「怎……怎麼了？怎麼突然出現這種反應……」

「別問那麼多，快點告訴我詳情。」

「要我告訴妳詳情……就是當妳與真那前天在高中學校的屋頂上與〈夢魔(Nightmare)〉交戰時，出現在那裡的那名精靈就是〈炎魔〉吧？她是火焰精靈吧？」

「——！」

折紙屏住呼吸，然後將臉湊得更近。

「為什麼妳會知道火焰精靈在前天現身的事情？」

「妳問為什麼……那是因為，我從影像中看見……」

「……！」

瞪大眼睛。沒想到〈炎魔〉的線索就位在這麼靠近自己的地方。

「日下部上尉。」

「做……做什麼呀？」

「拜託妳。請讓我看看那段影像——現在，立刻！」

◇

「——呃，我記得應該是……」

士道與神無月在那之後，立即離開休息室，來到昨天舉行作戰會議的會議室。接著，神無月在與昨天相同的位置上坐定位之後，便開始操作設置在圓桌上的控制台。

「不好意思吶，這可能需要花費一點時間。如果是由副艦長室的終端機進行連線的話，作業時間應該會稍微縮短一些。」

「不，請不要介意……不過，那段影像保存在這裡啊？」

「不是的。影像本身並不是保管在〈佛拉克西納斯〉。而是儲存在本部的資料庫中。」

聽見「本部」這個陌生名詞，士道不禁歪了歪頭——不過，仔細想想，這也是理所當然的。

這架〈佛拉克西納斯〉是艘空中艦艇。就算內部有顯現裝置進行運作，但是也不可能一直飄浮在天空中。

「不過，簡單來說，只要有網路就能進行連線了吧？那麼為什麼不在副艦長室進行連線？」

「哎，你說得沒錯。不過，那裡的終端機的畫面並沒有會議室的這麼大，所以應該不適合拿來查看需要檢視細節的影像——哦，畫面已經傳送過來了唷。」

就在神無月說話的同時，設置在圓桌中央的螢幕開始播放影像。

那是經由空中攝影所捕捉到的一段街道區域的影像。不過，赤紅色火焰地毯鋪蓋住整個畫面，其呈現出來的相貌更像是天然氣田或是火山的火山口。眼前的酷熱煉獄，讓人無法想像直到幾個小時前還有許多人在此生活。

擴音器斷斷續續傳來直昇機的引擎聲，以及聽似播報員的男子的聲音。偶而響起的驚人爆炸聲混雜其中，畫面也隨之微微搖晃。

「……唔！」

士道不自覺地皺起眉頭。真是超乎想像的恐怖景象。士道只記得「以前住的地方發生火災」這個事實而已，完全不知道災情居然如此悽慘。

「——好了，快要出現了。」

然後，一起觀看畫面的神無月以平靜的聲音如此說道。

直昇機在空中盤旋，接著漸漸降低高度。與此同時，鏡頭開始拉近，畫面變得模糊不清。幾秒過後，焦距才漸漸對準。

「——那是……」

接著，下一瞬間，在看見映照在畫面角落的景象之後，士道開口如此說道。

街道中心。與其他場所不同，原本位於那個地方的住宅都已經被燃燒殆盡。在那個已經變成猶如空地般的場所，士道看見了一個熟悉的身影。

這段影像已經相當老舊，再加上低解析度的望遠鏡頭、不穩定的空中攝影，以及各式各樣的不利條件，導致於影像畫質非常粗糙。但是，士道不會看錯的。

「琴里……」

沒錯。與前天在來禪高中的屋頂上所看見的一樣——那是身穿靈裝的琴里。

在她的腳邊，有個小小身影倒在地上。士道皺起眉頭，專心注視搖晃的畫面。

「那是——我嗎……？」

接下來……

「——咦？」

伴隨一陣從肺部硬擠出來的短促呼吸，士道發出了細微的聲音。

「那個」現身在琴里與士道的面前。不——使用「存在」這個字詞或許比較正確。

兩個人的面前，存在著「某種東西」。

如果是普通人類，或許會認為那只是閃過畫面的雜訊之類的東西而已。

但是，不對。那個是……那個影子是──

「……！」

瞬間，士道雙手抱頭，當場跪了下來。

看見那個的瞬間，蟠踞在士道腦中的刺痛感增加了好幾倍，最後變成一股劇烈疼痛襲向他。

「士道？你怎麼了？」

神無月詢問道。不過，士道沒有回話，只是凝視著畫面──看著蟠踞在年幼的琴里和士道面前的雜訊，然後開口說道：

「是誰──到底……是什麼人？你……」

「你問『是誰』……指的是什麼呢？」

「這──個。待在琴里與我面前的……」

神無月露出困惑的表情。看見他的反應，士道才開始察覺到一件事情。

──為什麼，自己會將這個看起來很像雜訊的影子，辨識為「人」呢？

至少，士道似乎認為那是個可以使用「誰」這個字眼來稱呼的存在。

「啊──」

在思索的過程中，襲向士道的頭痛越發劇烈──最後，士道失去了意識。

◇

「…………！」

折紙將工作中的燎子強行拉到會議室，看著使用投影機投射在螢幕上的影像，不發一語。

影像畫質非常不好。解析度粗糙，拍攝位置也很遙遠。更何況，這段影像並不是從頭開始攝影，而且在途中就被破壞掉了，所以影像長度只有幾分鐘而已。

不過，即使如此，對於折紙而言就已經足夠了。

五年前，倚靠朦朧雙眼所捕捉到的那個身影；前天，在意識模糊不清時所捕捉到的那個身影。

如今，折紙終於能看清楚那張可恨仇人的臉。

將影像重新播放一次，然後按下暫停鍵，將〈炎魔〉的臉局部放大。

接著──折紙的懷疑終於獲得證實。

花費五年時間，折紙持續追尋的火焰精靈──那張……容貌……

「五河……琴里。」

居然是五河士道的妹妹。

# 第九章　最後的約會

六月二十二日，上午九點五十五分。

士道背著裡頭裝有昨天購買的泳裝與浴巾等物品的包包，站在位於天宮車站東側出口的巴公像前方。

那是尊蹲坐在原地的狗銅像。因為被當作天宮車站的會面地點而著名，不過，由於受到另一隻名氣更響亮的忠犬影響，所以幾乎沒有人會以正式名稱來稱呼這尊銅像。事實上，連士道也記不得原本的名字了。

「……啊～」

士道低聲呻吟，用手按住額頭。結果，昨天昏倒之後，他就這樣陷入熟睡之中。等到醒來之後，發現自己身處〈佛拉克西納斯〉的醫務室。

為了小心起見，醫療人員幫士道做了簡單的檢查，也打了點滴……不過，士道還是覺得有點頭疼。

「沒事吧，士道？」

然後，耳麥突然傳來神無月的聲音。這也是理所當然。琴里無法親自指揮今天的任務，所以理當由神無月代理司令的職務。

「應該……沒事吧。」

說話的同時，啪、啪！士道用雙手拍了拍臉頰。

儘管介意昨天的事情，但是現在不是想那些事情的時候。

因為士道今天必須與那位琴里約會，並且讓她迷戀上自己啊。

這是項艱鉅的任務。不過，如果今天之內無法完成這項任務的話，琴里的意識就會被精靈的力量所吞噬。所以絕對不容許一絲絲的輕忽大意。

「你還記得計畫吧？我們也會提供支援。沒問題的，你可是讓數名精靈迷戀上你，舉世無雙的救世主花花公子呀。請你對自己要有自信。」

「……喔。」

聽見神無月的激勵（？）話語，士道不禁露出苦笑。該怎麼說呢？真是個讓人高興不起來的稱號啊。

然後，這一次從耳麥傳來令音那缺乏抑揚頓挫的聲音。

「…琴里似乎已經傳送到地面了。過沒多久就會抵達你那邊了吧。一切拜託你了，小士。」

「──好……好的！」

聽見這番話，士道做了一個大大的深呼吸來調整呼吸。

於是，過沒多久，有個嬌小的人影從街道方向跑了過來。

身穿裝飾有可愛荷葉邊的短袖襯衫，搭配深褐色的連身短褲，手上提著看似裝有泳裝的包包。長髮被綁成雙馬尾，上頭還繫著琴里經常使用的黑色緞帶。

只不過兩個晚上沒見面而已，不知為何，士道卻感覺到莫名的感慨。可能是因為眼前的琴里依舊是士道所熟悉的那個琴里，所以感到安心的緣故吧。

「妳……妳好呀，琴里。」

「嗯，讓你久等了。」

士道輕輕舉起手並且如此說道。然後，琴里點了點頭，同時做出回應。

……接下來，陷入一陣短暫的沉默。

要和自己的妹妹琴里說話，本來應該是相當稀鬆平常的事情。但是不知為何，士道卻莫名其妙地緊張到說不出話來。

「……小士，你怎麼都不說話。首先要——」

然後，幾乎就在令音說話的同時，琴里無奈地嘆了一口氣。

「與精心打扮的女孩子見面，你卻不發一語？我記得一開始就教過你了呀！」

「……！啊，啊啊——」

確實如此。這種事情在十香初次現身時就被提醒過了，自己怎麼會忘了呢。
就在士道打算依照指示開口說話的時候──察覺到一件事情。
「妳特地……打扮過了啊。」
「……！」
聽見士道的話，琴里的肩膀顫抖了一下。
「哼，對呀。畢竟我們要約會呀。所以我這邊也必須做好能讓士道以約會方法應對的準備才行……哎呀，而且我也不排斥被人誇獎唷。」
「咦？」
「沒事。話說回來，電車發車的時間快要到了吧？」
琴里如此說道。接著，琴里朝車站的方向前進幾步之後，將身子轉了圈重新面對士道。
「好了──開始我們的戰爭吧。」
接下來，說出這句話之後，琴里凝視著士道的臉並且露出無所畏懼的笑容。
「哦……哦哦。」
相當耳熟的台詞。士道嚥了一口口水，並且點了點頭。
然後……
「嗯！」

「好……好的……！」

「呀～真是令人期待呀～」

有三個聲音緊接在琴里的回答後面。士道歪了歪頭。

感到疑惑的士道往聲音傳來的方向轉過頭——身體凍結在原地。

因為，已經做好外出的萬全準備的十香與四糸乃，正站在那個地方。

「十香、四糸乃……還有『四糸奈』……！妳……妳們怎麼會在這裡……！」

「嗯？」

十香一臉不可思議地歪著頭。

「你在說什麼呀？現在不是要前往海洋公園之類的地方嗎？」

「為——為什麼妳連這個都知道！」

「你問我為什麼呀……」

表現出對於士道的反應感到相當意外的模樣，十香皺起眉頭。

接下來，四糸乃以結結巴巴的聲音補充說明。

「那個……是令音，告訴我們這件事情……然後請我們一起來的……給你……添麻煩……了嗎……？」

「……！」

士道屏住呼吸。接下來，在他提出問題之前，耳麥傳來說話聲。

「……啊啊，對了對了。我還沒跟你說過嗎？今天的約會，她們也會一起同行唷。」

「為……為什麼……」

臉頰滴下汗水，士道如此問道。雖然確實是有團體約會這種事情，不過所謂的「約會」，基本上應該是在兩人單獨相處的原則下所進行的活動才對呀。

令音嘟囔了一會兒之後，才繼續說道：

「……哎呀，只有今天，我認為這種約會方式應該會比較適合你們呀。」

「是……是嗎……」

令音的做事風格就是這樣。雖然不至於毫無計畫地衝動行事……不過果然還是會讓人感到不安。於是，士道壓低聲音，試著提出疑問。

「不過……真的沒問題嗎？琴里的心情會不會……」

「……嗯，應該不至於會如此，你不用太擔心。」

「真……真的嗎……？」

士道一邊說話一邊瞄了後方的琴里一眼。

面對十香她們的突然登場，琴里的表情，沒有任何變化……

「…………」

士道不發一語，臉頰微微抽動。沒有看見任何變化，就在士道正打算安心地吐出一口氣的瞬間——立即察覺到那只是自己會錯意了。

「……嘿，作風真是大膽呀，士道。我很期待唷。」

只有表情與剛剛相同，不過背後散發出來的氛圍卻明顯地產生了變化。琴里笑咪咪地如此說道。如果是漫畫的話，應該會使用恐怖的背景搭配「轟轟轟轟轟轟轟……」之類的擬聲語來描繪這股魄力吧。

「不是的，那……那個……」

士道不自覺地拉高聲音，然後用手指抵住耳麥，以細微的音量提出抗議。

「完全不行呀……！散發出很恐怖的氛圍了……！」

「……是嗎？我認為事態應該沒有那麼嚴重才對……」

「琴……琴里現在的心情計量表與好感度的狀況如何……？」

與精靈約會的時候，令音應該都會使用專用的顯示裝置監控對方的精神狀態才對。

「…………」

不過，令音沉默了一會兒之後……

「……嗯，哎，那個……該怎麼說呢？……請加油吧。」

用一反常態的不負責任語氣如此說道……應該是因為顯示出很糟糕的數據的關係吧？

「等……等一下，令音……」

然後，就在士道懷抱著絕望心境大叫出聲的時候，琴里邁步走向十香與四糸乃身邊。接著溫柔地輕拍兩人的肩膀。

「好了，我們差不多該出發了。有記得帶泳裝吧？」

琴里如此說道。原本因為看見士道的反應而面露憂鬱的兩人，臉上瞬間露出開朗的神情。

「哦哦！當然有帶！」

「泳裝……昨天……士道……有買給……我了……」

「嘿，那很好呀。你好溫柔呀，士道～」

琴里一邊說話，一邊將視線投往士道的方向。明明語氣與表情都顯得如此溫柔，但是不知為何，士道卻感受到一股讓人從心裡發涼的恐怖氣勢。

「咿……！」

「好了，出發吧、出發吧！」

就在士道嚇得直打哆嗦之際，琴里帶領十香她們步向剪票口的方向。

「士道，快點追上去！還有機會挽回劣勢。等到抵達目的地之後，我們將會全力支援！」

「了……了解……」

聽見神無月的話，士道努力挪動已經僵硬的雙腳。

……真是一場從一開始就多災多難的約會啊。

海洋公園是座主題公園，位於距離天宮車站五站之遠的榮部車站附近。

園區主要由兩個部分所構成——擁有各式各樣的泳池設施、大型浴池、室內表演的水上樂園，以及以戶外遊樂區為主的陸上樂園。每逢暑假，就會有許多特地遠道而來，攜家帶眷的遊客或情侶蜂擁而至，是個相當受歡迎的景點。

話雖如此，現在還是六月中旬。雖然室內設施與遊樂區是全年開放，不過熱門區域——戶外泳池的部分要到下個月才會開放，所以與入園旺季相比，今天的遊客人數算是比較少的。

哎，如果真的出現夏日新聞經常播出的那種擁擠不堪的混亂景象，一定會讓人開心不起來。所以，如果要約會的話，這個時節或許更為恰當呀。

在思索這些事情的同時換好衣服的士道，從更衣室移動到室內游泳池。

女生們似乎都還在換衣服。士道弓起身子伸了一個懶腰，然後轉動脖子環顧四周的環境。

「哦哦……真是壯觀啊。」

被圓頂狀天花板所覆蓋的空間中，有座形狀如同淺灘般的寬廣游泳池，其後方聳立著一座模擬岩山外觀的滑水道。這種設計相當能撩起男生的冒險意願。

「要高興也是可以，但是請你不要忘記司令的事情唷。」

此時，神無月語帶責備的聲音在耳邊響起。

「我……我知道……對了，這副耳麥即使碰到水也不會壞嗎？」

「……是的。它是完全防水的規格。你只要注意不要讓它從耳朵掉出來就好。」

回答這個問題的人是令音。然後，幾乎就在這句話說完的同時，從士道的背後傳來精神奕奕的說話聲。

「士道！讓你久等了！」

士道轉過頭，看見已經換好衣服的十香、四糸乃，以及琴里佇立在眼前。

十香與四糸乃的裝扮，和士道預想的一樣。那是昨天士道購買的泳衣。

十香是淺紫色的比基尼；四糸乃則是腰部裝飾有輕飄飄裙襬，淺粉紅色的連身泳裝。四糸乃似乎還不太會穿泳裝……哎，可能是十香與琴里幫她穿的吧。

不知是因為兩個人都已經習慣這件衣服的緣故呢？還是因為周圍遊客都打扮得跟自己一樣的緣故？兩個人穿上泳裝之後，已經不會像昨天那樣感到羞恥了。以小跑步的速度，往士道的方向接近。

「……哈……哈囉。」

士道微微舉起手做出回應，但是心中其實鬆了一口氣。

十香與四糸乃是頂著「絕世的」、「傾國的」等名號也不會顯得突兀的美少女。事實上，如果在完全沒有心理準備的情況下直接看見如此美豔的姿態，士道說不定真的會冷落琴里，並且目不轉睛地盯著兩人看。

「……還好有提前訓練，對吧？」

彷彿看穿士道內心的想法，令音如此說道。士道輕輕皺眉。

「……難道妳從一開始就打算讓十香她們跟過來？所以才會特地要我買泳裝給她們……」

「……誰知道呢？」

令音曖昧地回答道。士道嘆了一口氣。

然後，完全沒有察覺到士道的鬱悶嘆息，十香大叫出聲：

「哦哦哦！好棒唷！建築物裡面居然有湖有山耶！」

接下來，難得因為興奮而呼吸加促的四糸乃，漲紅了臉並且開口說話。戴在左手的「四糸奈」也揮舞著雙手。

「好……好多水呀……」

「哈！這真是讓人興奮呀！」

「士道，可以進入那個湖泊嗎？」

「啊啊，當然可以啊。應該說，要那麼做才是來這裡的最大樂趣呀。」

士道回答完十香的問題之後，十香閃閃發光的眼睛變得更加耀眼，並且大叫出聲：

「好！我們走吧！四糸乃！」

「好……好的……！」

兩人精神奕奕地向前跑去。士道以視線追隨她們的背影——

「她們兩人真有精神呀。」

聽見從背後傳來的聲音，士道的肩膀微微顫抖了一下。

「哦、哦，琴里。」

說話的同時，緩緩回過頭。如士道所料，與十香她們一樣換穿上泳衣的琴里，以雙手抱臂，嘴巴含著加倍佳的姿勢佇立在眼前。

琴里身上穿的是白色的兩件式泳裝。上半身是繞頸細肩帶小可愛的款式，散發出一股莫名的魅力。

「…………」

這麼說來，士道似乎已經好幾年沒看過琴里穿泳裝了。

由於雙親常常外出不在家，所以五河家的休閒文化已經明顯退化。當然，每年夏天學校都會有游泳課，所以士道還是會清洗、摺疊琴里的學校泳衣，但是幾乎沒再看過琴里穿普通款式泳裝的姿態。

就在士道看得出神之際，琴里驚訝地皺起眉頭。

「幹麼一直盯著我看。雖然以生物學的角度來說，我們並不算是近親相姦，但是如果你對自己的妹妹心懷邪念，那麼你應該就快要喪失當人類的資格了唷。」

「……！怎……怎麼可能！」

士道突然回過神，然後如此說道。「啊啊，是嗎。」琴里表現出冷淡的模樣聳了聳肩。

「……你在做什麼呀，小士？」

然後，令音的聲音傳進右耳。

「咦？」

「……剛剛也說過了吧？看見精心打扮的女孩子，怎麼可以沉默不語呢？」

「啊——」

說得也是。士道輕輕咳了一聲，重新轉過身面對琴里。

「琴……琴里。」

「什麼事？」

半瞇起眼睛，琴里也看向士道。這一瞬間，士道突然說不出話來……沒想到誇獎琴里居然會讓自己覺得如此難為情。彼此關係太親近也是個大問題。

「……Fight。」

被令音推了一把之後，士道微妙地挪開視線，張開顫抖的嘴唇。

「那……那個……就是，那……那件泳裝，非常……適合妳。很……很可愛……」

比內向的四糸乃更顯得結結巴巴，士道努力地說出這句話。

「……！」

然後，琴里瞪大眼睛，臉頰微微泛紅。不過，馬上又搖了搖頭，臉上浮現目中無人的笑容，將含在口中的加倍佳豎起來。

「哎呀，謝謝。這應該是令音或是神無月命令你要誇獎我的緣故吧？」

「唔……！」

正中紅心。士道發出低沉的嘟囔聲。不過，如果在這裡沉默不語的話，就等於默認這件事情了。所以士道只能盡量以不留空檔的速度繼續說道：

「不……不對，沒有這回事喔。這是我的真心話。」

事實上，士道是真的覺得琴里穿泳裝的姿態很可愛。將這些話說出口確實是會讓士道有所遲疑，但是絕對不是謊話。

於是，琴里從鼻間哼了一聲，臉上浮現一個不懷好意的笑容。

「嘿，真是榮幸呀……所以，具體來說，你覺得我哪裡可愛呢？」

「什……！那……那個……」

「……嗯，這裡輪到我們出場了。」

然後，就在此時，右耳響起令音的聲音。

在稍稍遠離平時的空域並且漂浮在海洋公園正上方的空中艦艇〈佛拉克西納斯〉的艦橋中，佇立在艦長席隔壁的副司令官——神無月恭平以高亢的聲音如此說道。

「諸君！現在是我們大展身手的時候了！」

雖然只是暫時代理，但是神無月現在擁有這艘艦艇的指揮權。所以照理來說，神無月其實能坐上艦長席的位置——不過，他並沒有這麼做。

因為這是琴里的座位。既然深信她會歸隊，那麼就絕對不能污衊這個座位……應該說如果可以選擇的話，比起坐在艦長席上這種事情，他寧願被艦長坐！

然後，就在神無月說話的同時，播放著游泳池情況的主螢幕上面，跳出標記著三個選項的視窗。

**①「全部呀！琴里不管穿什麼都很可愛唷！」**

**②「這件泳衣的款式看起來簡單大方，卻又充滿設計感。妳真有眼光。」**

**③「啊啊，那微微隆起的胸部最讓人受不了啊！」**

「全體人員，開始投票！」

神無月大叫出聲。然後，手邊的終端機立刻顯示出統計結果。

①選項獲得過半數的票數。接下來是②。③則是沒有得到任何一票。

「唔，大多數人都選①嗎？嗯，那也是理所當然的。」

神無月用手抵住下巴輕聲嘟囔。接著，從艦橋下方傳來船員們的聲音。

「是的，雖然已經是陳腔濫調了，不過聽者應該不會感到不悅才對。」

「②也不錯。但是還是會讓人有過於著重泳裝的疑慮呀。」

「③的話……哎，應該不值一談吧。」

「原來如此。」

神無月輕輕點頭，接著將嘴巴湊近麥克風：

「士道，答案是③。『啊啊，那微微隆起的胸部最讓人受不了啊！』」

——過了一秒。

「……咦咦！」

〈佛拉克西納斯〉的船員們，以及待在游泳池的士道的聲音，完美地重疊在一起。

「副……副司令——你是認真的嗎？對方可是五河司令耶！」

「剛剛不是才說過③選項根本不值一談嗎！」

艦橋下方，傳來與其說是批評，不如說是悲鳴的聲音。不過，神無月緩緩攤開雙手，打斷了大家的發言。

「就是因為……對方是五河司令啊。」

「咦……？」

聽見神無月從容不迫的語氣，船員們暫時冷靜了下來。神無月露出一個優雅的微笑，朝著泳裝姿態映滿整個螢幕的琴里伸出手。

「因為，你們看。那個纖細、美麗、尚未發育成熟的肢體。那是十三歲國中二年級生，稍縱即逝的光芒。讓人無法抗拒呀！沒有比這更加美麗的事物了！」

「結果那只是副司令的個人興趣啊！要是說出這種話，一定會被司令踹唷！」

聽見船員的話，神無月忽然睜大眼睛。

「如……如果能得到這種獎賞，那就再好不過了！」

「所……所以我才說這傢伙……！」

完全忘記必須使用敬語說話，船員們胡亂搔了搔頭。不過，在爭吵的過程裡，時間一分一秒地流逝。於是，從擴音器傳來士道焦急的聲音：

「……這……這個答案真的沒問題嗎……？」

「是的，當然沒問題。你還可以將『胸部』這個字替換成『乳房』唷。」

「……我還是使用普通的字詞就好。」

儘管船員們拚命狂按麥克風的按鈕，打算要阻止士道。但是艦長席的麥克風擁有電線迴路的最高權限。因此，士道表現出下定決心的模樣，轉身面向琴里。

「呃……那個……」

臉頰微微抽搐，士道的視線飄向琴里的胸部。雖然是個相當不正經的選項，不過這畢竟是〈佛拉克西納斯〉的ＡＩ所推算出來，再經由船員們選定的答案。一定暗藏某種特殊意義吧？深信同伴的士道，開口說道：

「那個……微微隆起的胸部最讓人受不了啊！」

「什……！」

就在士道說出這句話的瞬間，琴里漲紅了臉，然後迅速地用雙手遮住胸部。

「你……你在說什麼呀……！你腦袋裡都在想這種事情嗎！」

「咦，不……不是這樣的……！」

士道慌慌張張地揮舞雙手。接下來，「嗶！嗶！」刺耳的警報聲傳進右耳。相當耳熟，代表惡兆的聲音。那是用來通知精靈的心情與好感度明顯下降，而且精神狀態變得不安定等事項的緊急警報器。

「冷……冷靜一點，琴里！剛剛那是……！」

「……小士，事態緊急。」

耳邊傳來令音的聲音，打斷了士道的辯解。

「我知道！現在我正努力讓琴里冷靜下來——」

「……不是的，不是這件事。」

「咦……？」

「呀啊啊啊啊啊啊啊啊啊啊啊啊啊——！」

就在士道發出錯愕聲音的同時，響起了震耳欲聾的慘叫聲。

「怎……怎麼了？」

「士道，那個！」

琴里指向形成淺灘的泳池水面。

於是士道看見了部分範圍變成滑水道形狀的泳池，以及在上頭哇哇大哭的四糸乃。

「……妳的意思是，因為『四糸奈』被流動的泳池沖走，所以妳感到非常慌張？」

游泳池發生謎之冰柱事件之後的三十分鐘。

士道一邊用琴里帶來的電池式吹風機，吹乾原本戴在四糸乃左手上的「四糸奈」的身體，一邊大大地嘆了一口氣。

幸好沒有引起大騷動，游泳池也已經恢復之前的熱鬧景象。不過四糸乃依舊維持肩膀低垂的無精打采模樣。就連十香也蜷縮起身子。

「對……對不……起……」

「姆……真是丟臉。明明我就陪在身邊……」

「哎，不要在意這些事情了。所幸沒有發生什麼意外。」

士道對兩人如此說道。然後，站在隔壁的琴里緊接著開口說：

「沒錯。一切都是對全部事態預估錯誤的士道的責任，所以妳們無須煩惱唷。」

「……喂。」

在吹風機的暖風吹拂之下，士道搔了搔「四糸奈」的頭。

「好，差不多都乾了吧。你沒事吧，四糸奈？」

聽見士道的話，「四糸奈」像隻小狗般全身顫抖不已，將手按在胸口前不斷大口喘氣：

「呀……呀……真是經歷了一場相當刺激絕倫的冒險吶～我還以為這次死定了呢～」

「對不起……四糸奈。」

「啊啊，別在意別在意。只要我們平安無事地相見，就萬事ＯＫ了唷！四～糸乃～」

「嗯……」

被「四糸奈」撫摸著頭的四糸乃，輕輕點頭。

看見她的模樣，琴里聳了聳肩。

「……唉，妳們對這裡不熟也是理所當然的。我記得那裡有租借游泳圈的櫃台，我去幫妳們借一個吧？」

「游泳圈？」

十香一臉疑惑地歪著頭。「啊～」琴里不停轉動食指並且抬起頭來。

「所謂百聞不如一見吶。由妳們自己親眼目睹比較快，走吧。」

說完後，琴里邁步向前走。十香與四糸乃也站起身來，跟在她後頭往前走。

「啊，等等我！」

士道將吹風機摺疊好之後，趕緊追在三人後頭。然後——半途中，琴里突然將身體挨近自己。簡直就像是刻意不讓十香與四糸乃聽見談話似的。

「什……什麼？怎麼了？」

「……嗯，那個，關於剛剛的事情。」

「剛剛……？」

「……就是關於『我哪裡可愛』的問題……」

「——！」

聽見琴里的話，士道的心臟突然揪在一起。原本以為可以利用四糸乃的意外把事情敷衍過去，不過看來是沒指望了。不愧是司令官模式的黑琴里。只要讓她抓住弱點，就會將糗態全部挖出來直到對方哭泣求饒為止。真可說是虐待狂的化身。

「那……那個啊……」

雖然士道努力想要開口辯解，但是琴里卻不理會他的發言並且繼續說道：

「那個……啊，果然是來自〈佛拉克西納斯〉的指示吧？還是說……那是士道的真心話？」

「咦，不……不是，那是……」

「……應該是……真心話吧？」

簡直就像是潛藏在士道體內的惡魔之心的低聲呢喃，令音的聲音傳進士道的右耳中。不過……如果在這種距離做出回應的話，一定會被琴里察覺。於是士道只能暗自在心裡反駁。

「……雖說琴里知道我們的存在，但是約會過程中，你必須依照〈拉塔托斯克〉的指示行動。我不會對你說出這種掃興的話。因為即使腦袋可以理解，不過情緒多少還是會受到影響。理性與感性是無法共存的呀。」

令音說得沒錯。士道緊咬牙齒，重新看向琴里。

「那是……嗯，是真心話……喔。」

「…………」

士道說完後，琴里陷入短暫的沉默之中。

……啊啊。雖然是情非得已，不過自己還是承認了。清清楚楚地表示那是自己的真心話。士道懷抱著絕望的心情仰天長望。

——自己一定會被瞧不起的。自己一定會被妹妹當作是好色的性欲化身。而且還是一名喜歡未發育完全身體的蘿莉控。毫無疑問地，自己肯定會被痛罵一頓。琴里絕對會用像是看見髒東西般的眼神蔑視自己，逼迫自己蹲在地上之後再用腳踹，然後大聲咒罵：「你喜歡被這樣對待吧？你這個變態屎豬戀童癖！」啊啊不過那似乎與現在的相處情況差不多啊。一瞬間，這些想法在士道的腦海中肆意奔騰。

不過，經過幾秒後，卻沒有任何攻勢激烈的拳頭或用字難聽的歧視用語朝自己飛撲而來。感到疑惑的士道將頭轉回原本的位置，定眼一看。不知道為什麼滿臉通紅的琴里，正微微低著頭。

「……哼……原來是這樣呀。」

她低聲呢喃的同時，用手輕輕碰觸被泳裝覆蓋住，散發出靦腆氣息的乳房。

「琴里？」

「……！」

聽見士道呼喚自己的名字，琴里搖晃了一下肩膀，接著朝向士道的胸口揮出拳頭。

「咕喔……！」

「……哼！居然發出『咕喔』的聲音。你又不是死之教師（註：《魔術士歐菲》中，隸屬於奇姆

拉克教會的非正式暗殺部隊的通稱）。」

說完後，琴里別過臉，帶領十香與四糸乃率先走到前方去了。

「嗯？士道怎麼了？」

「好像……很痛……的樣子……」

「哼，不用理他。應該是他那個『偶發性胸口隱隱作痛症候群』之類的老毛病又發作了。不可以接近他唷。妳們會被傳染的。」

琴里將手搭在以擔心語氣說話的十香與四糸乃的肩上，催促她們繼續往前走。

「那……那個傢伙……」

士道按著仍然悶痛的腹部恢復原本的姿勢。就在他打算追上琴里一行人的時候，來自〈佛拉克西納斯〉的訊息傳進他的耳裡。

「……小士，先暫停。現在已經有多名〈拉塔托斯克〉的特務人員混進遊客群了。我們來試著稍微設些陷阱吧？」

「妳說……陷阱？」

「……沒錯。首先是先按照傳統——當她們被搭訕集團糾纏不清時，你再像個英雄般帥氣登場。這個方法你覺得如何呢？」

「那個方法，真的沒問題嗎？總覺得不需要我出面，那些人就會被打倒了……」

士道不安地如此說道。然後，這一次換成神無月以自信滿滿的語氣回答：

「沒問題的。因為無論是多麼剛強的女孩子，在心裡的某個角落一定都在等待著白馬王子的到來。我相當明白這一點。」

「神無月，你不是男的嗎？」

「我偶爾會穿女裝。」

「………」

自己似乎聽到某種微妙的出櫃發言，但是士道決定對此充耳不聞，並且朝著琴里她們的方向轉過身去。三人已經走到陳列有游泳圈、海灘球的櫃台前面辦理出借手續了。

「……好了，現在將會派喬裝後的特務人員過去。小士要帥氣地趕走他們。」

「啊，等等──」

不等士道說完話，令音的聲音便消失了。然後與此同時，突然有三名男性靠近已經完成租借手續的琴里一行人。顏色極淺的頭髮，曬成小麥色的肌膚。外表看起來就像是愛玩的花花公子的長相。

男人們嘻皮笑臉地揮揮手，向琴里一行人搭訕。

「妳們好～喂喂，妳們從哪裡來的呀？」

「只有妳們三個人而已嗎？真是可惜吶。」

「如果妳們願意的話，要不要跟我們一起玩啊？」

三名男性陸續說出像是記錄在古代文獻中的典型搭訕句子。

「姆，你們是誰呀？」

「……那……個……」

伴隨這幾名男人的登場，十香露出警戒表情並且皺起眉頭，四糸乃則是躲藏到十香身後。

哎，當陌生人突然出聲搭話時，會有這種反應也是相當正常的。像琴里那樣用冷淡的眼神直盯著男人們，反而才是相當罕見的反應。

「……好了，小士。輪到你上場了。」

「好……好的……」

然後，就在令音說話的時候，其中一名男性一邊微笑一邊抓住琴里的手腕。

「走吧？沒關係啦，只去玩一下下而已。一定會很有趣喔！」

男人說話的同時，用力拉起琴里的手。此時定眼一看，發現另外一名男人將手轉到士道的方向並且做出招手的動作。意思應該是暗示士道快點過來阻止吧？

「真是沒辦法，只好過去了。」

士道再次摸了一下胸口，然後邁出步伐。

「喂，不好意思，她們是——」

但是，就在此時……

「──淡島文雄三等執務官。」

琴里看著抓住自己手腕的男人並且如此說道。

「咦──」

男人的肩膀晃動了一下。不過，琴里並沒有露出得意的表情，只是依序環視剩下兩名男人的臉龐。

「還有手代木良治三等官、川西孝史三等官。嗯，喬裝得不錯。你們的水準有進步唷。但是台詞說得馬馬虎虎吶。劇本是誰寫的？」

琴里半瞇起眼睛如此說道。臉上布滿汗水的男人們往後退了一步。

「為……為什麼會認識我們這些小人物──」

「小人物？那是什麼意思？只要是隸屬於〈拉塔托斯克〉組織，並且歸我管轄的部隊人員，就相當於是我的家人。做父母的怎麼可以忘記小孩子的長相呢！」

「……！」

「司……司令……！」

聽見琴里的話，男人們當場跪下，開始流下熱血的男兒淚。

「真是丟臉！快退下吧！」

「是！」

琴里輕輕揮了揮手之後，三名男性做出一個與剛剛的輕挑模樣有天壤之別，堪稱完美的鞠躬動作，然後朝著來時的方向走回去。

十香與四糸乃一臉不可思議地歪著頭。

「姆。剛剛那是什麼呀？」

「琴里……好……厲害。」

琴里輕輕搖了搖頭，示意兩人無須在意那件事情。

「……那……那個……」

感到困擾的士道，難為情地搔了搔臉頰。

根本不用擔心那些人會被打倒的問題。不過仔細想想，這也是理所當然的事。如果是其他精靈的話還無所謂，不過讓〈拉塔托斯克〉的特務人員來執行這項圈套，這種方法對琴里是行不通的。士道輕輕敲擊耳麥，對〈拉塔托斯克〉提出抗議。

「……徹底失敗了嘛！」

「……我們還特地派出從沒與她正面見過，而且經過特殊化妝的特務人員。」

不過，令音卻不理會士道的發話，只是用讚嘆的語氣低聲嘟囔：

「那……那的確是很厲害。不過，現在該怎麼辦呢？派出特務人員的作戰計畫沒有效果。」

「……是嗎。或許是我們太低估琴里了呢。」
「那……那麼現在到底——」
「不要做那麼顯而易見的通訊，士道。」
琴里的聲音突然響起，士道搖晃了一下肩膀。不知何時，雙手扠腰的琴里已佇立在眼前。
「啊，那個……」
士道說話變得結結巴巴，轉身面對琴里。看來自己按著耳麥與令音說話的動作，似乎做得太明顯了。
「真是的……還好現在的攻略對象是我，萬一被其他精靈發現的話，你打算怎麼辦？」
「唔……」
琴里無奈地聳了聳肩。雖然不甘心，但是士道無法反駁。
但是，也不能一直沉默下去。士道搖了搖頭試著改變話題。
「對……對了……十香跟四糸乃呢？」
「嗯。」
琴里做出簡短回應之後，微微揚起下巴。琴里所示意之處，可以看見已經套上剛剛借來的游泳圈，輕飄飄地漂浮在游泳池中的兩人身影。
「哦哦，好厲害耶！快看呀，士道！不會往下沉耶！」

「……！……！」

十香相當高興地大叫出聲，四糸乃也興奮地點了點頭。看來這兩人已經完全沉浸在初次來泳池遊玩的樂趣之中了。

不過，那並不是今天的主要目的。因為最重要的琴里，仍然提不起遊玩的興致，只是不斷轉動著加倍佳糖果棒。這麼說來，琴里似乎都還沒下水。琴里應該會游泳才對啊。

「……小士，再這樣下去也不是辦法，總之試著主動邀約琴里吧？」

此時，令音的聲音傳進耳裡。

播放出琴里身影特寫畫面的〈佛拉克西納斯〉艦橋的主螢幕上，再次跳出視窗。

**①一起乘坐滑水道吧！我會從後方擁妳入懷！**

**②到溫泉區恢復精神吧！令人小鹿亂撞的偽混浴！**

**③到流動水池上搖擺蕩漾吧！我當小船，我當妳的小船！**

「嗯。那麼各位，請選擇吧！」

神無月高聲大喊。與此同時，船員們按下手邊的按鈕。

過沒多久，畫面上立即顯示出結果。得到最多票數的是①，然後是②，③一票都沒獲得。

……似曾相識的投票結果，船員們的臉上浮現憂鬱不安的神情。

不過，神無月完全沒有察覺到船員們的反應，從容不迫地點了點頭。
「原來如此，滑水道嗎？」
「是的……那應該是最為妥當的答案吧。好不容易來到海洋公園了，當然得挑戰他們的熱門遊樂設施啊。」
「溫泉區固然也是相當吸引人的選項，不過那實在不像是年輕人來到這裡該去的場所吶。」
「不能選③喔，副司令。絕對不能選③。」
像是在提醒囑咐般，船員們直盯著神無月。「哈哈哈哈！」神無月大笑了起來。
「討厭吶，大家。就算我擁有最高決定權，也不可能連續做出那種無謀的獨斷行為呀。」
他一邊說話，一邊將嘴巴靠近麥克風。
「士道，答案是③。前往流動水池，請士道成為司令的小船──」
「嗚啊！」
此時，兩名船員從艦橋下方衝出來，將他的身體從麥克風前強行拉開。
「你……你們在做什麼？」
「村雨分析官！趁現在！」
箝制住神無月的行動，其中一名船員如此說道。
「……嗯？啊啊。」

對呼喚自己的聲音做出回應之後，令音搔了搔臉頰，然後按下麥克風的按鈕。

「……聽得見嗎？答案是①。與琴里一起去玩滑水道吧。」

「我知道了……話說回來，發生什麼事了嗎？總覺得你們那邊聽起來很吵鬧……」

在有艦長席所在的艦橋上方，神無月仍然大喊著：「士道！小船！成為司令的小船！以臉朝上的姿勢！」不過，令音視若無睹地繼續說道：

「……別在意。總之，去滑水道吧。一定要一起滑唷。」

「好……好的……」

士道有點猶豫不決地點了點頭。

聽見士道的回應之後，令音關掉麥克風的電源。看見這個動作之後，壓制住神無月的船員們才終於鬆開手。

「真是的……你們在做什麼呀！這可是相當難得的機會耶！話說回來，你們居然敢對上司施暴並且阻撓作戰計畫，這可是嚴重違反規定的行為唷！」

神無月如此說道。然後，另一名船員半瞇起眼睛開口說話：

「……只要林堂醫務官判斷你的健康出問題，或是包含村雨分析官在內的三分之二以上的特務人員質疑你的指揮能力，我們就能剝奪你的指揮權，對吧？」

「嗚……！」

神無月皺起眉頭環顧艦橋。每個人都目不轉睛地凝視著他。

咳了一聲，臉頰布滿汗水的神無月繼續說道：

「……ＯＫ，我就不再追究剛剛的行為。好了，繼續執行作戰計畫吧。」

「認為副司令沒有指揮能力的人請按下手邊的——」

「我不是說過不追究了嗎！」

神無月苦苦哀求道。總而言之，暫時保留對他的處分。

從不知為何吵吵嚷嚷的〈佛拉克西納斯〉那裡接獲指示之後，士道偷瞄了琴里一眼。

「我……我說呀，琴里。」

「什麼？」

沒有回頭看向士道，琴里以粗魯的語氣如此回應。

一時語塞……不過，士道依舊不灰心地繼續說道：

「沒有啦……難得來到這裡，還是放鬆玩一下吧。」

士道如此說完後，琴里便半瞇起眼，最後才以審視的眼神回看士道的眼睛。

「哼，要玩什麼呢？」

「嗯，來玩滑水道吧！」

說完後，士道指向聳立在圓形建築內的巨大岩山。長長的滑水道從山頂上綿延而下，伴隨著慘叫聲與水流，身穿泳裝的遊客們正以驚人的速度滑向泳池。

琴里眺望士道手指所指的方向一會兒之後，嘆了一口氣，然後轉過身來。

「感覺沒什麼特別的……哎，不過那應該是最為妥當的場所吧。好吧，我們走吧。」

以冷淡口氣說話的同時，琴里往滑水道的方向走過去。與其說她是陶醉於約會中的女孩子，不如說她是監視計畫如何發展的司令官。

然後，似乎是察覺到士道與琴里的動向，原本漂浮在泳池上的十香與四糸乃將視線投到兩人身上。

「士道、琴里。你們要去哪裡？」

「咦？啊啊……我們去玩一下滑水道。」

「滑水道？」

十香瞪大眼睛歪了歪頭。士道露出苦笑，再一次指向岩山的方向。

「啊啊，就是那個唷。」

「哦哦……！有人從上面滑下來了！」

眼睛閃閃發光，十香維持將游泳圈套在腰部的姿勢，從泳池裡爬上岸邊。

「我也要去！」

「咦……咦咦！」

士道發出尖銳的叫聲。這也難怪。為了提昇好感度，士道打算與琴里兩人獨自去遊玩。但是如果這個時候讓十香加入的話，情況又會變得更加棘手了呀。

「唔……我不能去嗎？」

看見士道的反應，十香沮喪地垂下肩膀。如果十香的頭上長有耳朵、臀部長出尾巴的話，現在一定會是垂得低低的狀態吧。

讓人相當不忍心。不過，如果此時沒有果斷拒絕的話……

「……小士，沒關係。帶十香一起去吧。」

不過，右耳突然響起令音的聲音，打斷了士道的話。

「令音，真的可以嗎？」

「……嗯。這樣反而更好呀。應該……吧？」

「咦……？」

「……沒事。哎呀，總而言之，如果壓抑十香的遊興，也不是件好事情。」

「我……我知道了。」

令音說出這番話的用意究竟為何，士道轉身面對十香：

「嗯，我知道了。一起去玩吧，十香。」

「哦哦，真的可以嗎！」

十香的表情在瞬間改變成開朗的表情。雖然有聽見站在背後的琴里輕輕嘖了一聲，不過深信那應該是自己聽錯了的士道繼續說道：

「啊，可以，但是不能將游泳圈留在這兒呀。」

然後，就在士道回頭張望的時候，從游泳池的方向傳來四糸乃的聲音。

「士……道。如果可以的話……我來幫忙保管……」

「咦？真的可以嗎？」

士道的話裡摻雜著意外的語氣。因為士道原本以為四糸乃一定會像十香那樣，想要一起去玩滑水道。

或許是察覺到士道的想法，四糸乃鐵青著臉搖了搖頭。

「那個……好恐怖。我怕……『四糸奈』又會……被沖走……」

「啊啊……是嗎？」

士道搔了搔後腦杓，同時露出苦笑。剛剛那起事件似乎在四糸乃心中造成輕微的心靈創傷。

「所以……我……和『四糸奈』留在這裡……等待。」

「是嗎，那麼十香的游泳圈就麻煩妳囉！」

「好的……交給我吧。」

四糸乃如此說道。然後，十香抓住套在腹部的游泳圈，並且將它往上拉。不過，該說是預料之內的事情嗎？游泳圈卡在十香的胸部處，一直無法順利取下來。

「姆，怎麼回事？拿不下來耶。」

說話的同時，十香加重手中的力道。於是，游泳圈豪邁地將十香的胸部往上提起，而十香穿在身上的泳衣也一起被往上拉扯。柔軟的乳房在游泳圈下方若隱若現。士道連忙出聲制止。

「等等，十香！Stop、Stop！妳要往下脫啊！」

「唔？」

被士道這麼一說，十香才終於察覺到這個問題。十香將游泳圈往下拉。於是，游泳圈立刻滑落到腳邊。

「哦哦！士道好厲害喔！你怎麼知道啊？」

「這……哎呀，對呀。」

搔了搔臉頰，士道含糊不清地如此說道。十香沒有多追究，將游泳圈遞給四糸乃。

「那麼，四糸乃，這個就拜託妳囉。」

「好的。」

四糸乃點點頭，收下了游泳圈。接著士道便往滑水道的方向走過去。

然後——就在這個時候，士道才終於注意到琴里正不耐煩地環抱雙臂，而且還用腳尖「咚、咚」地敲著地面。

「琴……琴里……」

「不管何時，讓對方等候都是ＮＧ的！如果現在是訓練的話，就要立即執行處罰遊戲了！」

士道縮起肩膀。然後琴里嘆了口氣，踏著重重的步伐走向滑水道。士道慌慌張張地追過去。

「十香！走吧！」

「嗯！」

過沒多久，三人爬上樓梯，抵達岩山的山頂。滑水道的入口站著一名工作人員，協助客人依序順著水流滑下去。

幸好排隊人數並不多，所以很快就輪到士道他們了。

士道依循工作人員的指示，用手扶著邊緣，同時坐到水流上。

「……小士，剛剛提醒過你了吧？一定要兩個人一起滑，否則就沒有意義了唷。」

令音的提醒傳進右耳。士道輕輕敲擊耳麥，作為「明白了」的暗號。然後，啪答啪答！士道輕輕拍打自己面前的滑水道。

「喂，琴里，我們一起滑吧！」

「咦——！」

聽見這項提議的瞬間，琴里瞪大了眼睛……不過，隨即咳了一聲並且挪開視線。

「不……不用了啦。我又不是小孩子。」

「不要這麼說嘛。偶爾這樣也不錯啊，妳說對嗎？」

「嗚……就說不用了！」

琴里再次抱起手臂「哼！」地別過臉。

……這下糟糕了。只要琴里開始鬧彆扭，誰的話她都聽不進去。

就在這個時候……

「什麼？琴里妳不去嗎？那麼我和士道一起滑吧！」

才剛聽見十香的聲音從身後傳過來，士道隨即感受到有股柔軟觸感強壓在自己背部的感覺。

「十……十香！」

「嗯！好了，士道，我們出發吧！」

十香露出一個天真無邪的笑容，同時將身體往士道的方向靠得更近。十香本人應該只是打算尋求玩水上活動的安全感而已……不過，由於她的胸前搭載了兩個冷酷無情的超強破壞兵器，所以該怎麼說呢？這讓士道感到十分困擾。

「怎麼了，士道？不滑下去嗎？」

「不……不是……那個，該怎麼說呢……」

察覺到自己臉紅，雙眼無法對焦的士道如此說道。然後，似乎是為了看清士道的表情，十香將身體往前挨得更近。於是，士道的背部遭受了一場大空襲。

「…………唔。」

順帶一提，站在身旁的琴里看見士道的樣子之後垂下了雙眼。緊緊皺起眉頭，嘴角朝下地撇起嘴。無須多加思考也看得出來。對於因為這種小事而驚慌失措的士道，琴里感到相當生氣。

不過，下一瞬間，發生了一件令人意想不到的事情。

「——咦？」

琴里往前踏出一步，像是要讓自己擠到士道雙腳中間似的，在士道的前方坐了下來。

「琴里？」

「什……什麼啦！你有什麼不滿嗎？」

「不……沒有……」

士道語氣狼狽地如此說道，然後右耳聽見令音微小的聲音。

「……好。妳做得很好，十香。」

「咦？」

「……嗯，雖說是約會，但是我不認為琴里會坦率地表現出心中的喜悅吶。」

「令音，難道妳是為了這個原因，所以才——」

話才說到一半，士道突然閉起嘴巴。理由相當簡單。因為受到琴里參戰的影響而變得更加興奮的十香，將身體往士道背部貼合得更近了。

「哦哦，琴里也來啦！好，那麼三人一起出發吧！」

每當十香說話的時候，甜美的氣息就會吹向脖子，讓士道變得全身無力。不只是胸部，就連腹部、手腕、雙腳等部位也都軟綿綿的。僅僅只是輕輕碰觸到而已，但是士道的腦漿已經快要從耳朵流出來了。

「不，十……十香……不要靠得那麼近……」

「姆姆……」

於是，回頭看見這副景象的琴里，不知為何氣憤地緊咬牙齒，在不穩定的水上轉過身來。

「喂、喂……琴里……？」

對於士道的聲音充耳不聞，改變成與士道面對面的姿勢之後，琴里緊緊摟住士道的身體。模樣看起來很像是緊緊抱住樹幹的無尾熊。以前兩人曾經一起洗澡，而且互相擁抱也是家常便飯的事情。但是不知為何，現在士道卻覺得莫名緊張。

然後，看見琴里改變姿勢之後，十香興奮地開口說話：

「琴里妳這傢伙，是認真的嗎？好，那麼我也要拿出真本事了……！」

說完後，十香抓住滑水道的邊緣，讓三人份的體重一口氣落在水流上。

「嗚啊！」

「呀……！」

感受到預料之外的衝擊，士道與琴里發出了慘叫聲。

本就是理當會被工作人員斥責的姿勢，再加上十香如同飛機發射器般的衝擊力。雖然大部分的力量已經被封印住，不過十香的力氣還是比普通人類大很多。十香以那種蠻力強制性地，而且還是出奇不意地往前衝刺。驚人的加速度幾乎快要讓士道不由自主地喪失意識。

「嗚……哇啊啊啊啊啊！」

「…………！」

「啊哈哈哈哈哈哈哈哈哈哈哈哈哈哈哈哈哈哈哈哈哈哈！」

聚集在一起的三人一邊描繪出快要偏離路線的軌道，一邊發出慘叫聲以及不成聲的聲音，從滑水道上方滑下去。

但是——路線的半途中，就在滑到大轉彎之處的時候，力道過猛的三個人的身體偏離路線，「碰」的一聲飛向天空。

「咿……！」

「…………！」

「哦哦！飛起來了！」

就在十香那愉悅聲音傳進耳裡的時候，士道察覺包覆在全身的飄浮感漸漸消失——接下來，

就這樣直接掉進泳池中。

水面激起壯觀水花，泳池翻捲起大浪。

「——噗哈！啊哈哈哈哈！士道！這個好好玩唷！」

十香很快就浮出水面，開朗地放聲大笑。

但士道卻完全笑不出來。因為不知為何，自己的身體變得很沉重，讓他無法順利浮出水面。

「嗯嗯……！」

將力道注入雙腳，用力站起身來之後……士道終於察覺到理由了。

「咳……！咳……！」

發出聽似細微嗚咽的聲音，雙肩微微顫抖。原來琴里依舊維持著一開始的姿勢，緊緊抱住士道的身體。仔細一看，原本將頭髮綁成雙馬尾的緞帶已經解開了。

「琴里……妳沒事吧？」

「哥……哥哥……」

琴里用猶如鼻塞般的聲音開口，同時抬起頭看向士道。看見她的臉，士道驚訝地瞪大眼睛。

「難道妳……哭了嗎——」

「……！」

聽見士道這麼說，琴里迅速地鬆開手，轉過身背對士道，

「緞帶……幫我撿緞帶……」

「緞帶？」

聽見琴里的要求而左顧右盼的士道，最後看見兩條漂浮於水面上的黑色緞帶。他將緞帶撿回來之後，遞給琴里。接下來，琴里握住緞帶，身子當場潛到水面底下。

然後，噗咕噗咕……水面開始浮現泡泡，經過數秒之後……

「……真是的，太亂來了。」

再次浮出水面的琴里已經恢復成那位完美無瑕的司令官大人了。

……只不過，鼻子與眼睛還是有點紅紅的。

「…………」

「……有意見嗎？」

琴里瞇起眼睛回看士道。士道搔了搔臉頰，同時將視線落在黑色緞帶上。

那是之前就令士道相當在意的一件事情。自從四月十日那天，士道得知精靈的存在之後，司令官模式的琴里就經常出現……不過到底哪一個才是真正的琴里？她又為什麼會形成這種對立的性格呢？

白色緞帶代表天真無邪的琴里；黑色緞帶則是桀驁不遜的司令官。

據說琴里的情況並不是雙重人格，而是一種堪稱完美的觀念轉換。不過——

「……吶，琴里。妳今天為何要綁黑色緞帶？」

士道突然對琴里如此說道。

「怎麼了？你有什麼不滿嗎？」

「不，哎……不是那樣的。」

其實士道確實有點介意，不過這種話當然不能說出來。目光變得漂移不定，士道含糊其詞地回答道。琴里微微揚起下巴繼續說道：

「……因為不行呀。白色的我很軟弱。今天一定要由黑色的，堅強的我親自出馬才行呀。」

「咦？」

完全無法理解琴里所說的意思，士道皺起眉頭。

「什麼意思？什麼軟弱、堅強？」

「沒什麼。聽不懂就算了。」

「什……什麼嘛……」

士道皺著眉低聲呢喃。然後，琴里轉開了視線。

「……原本以為這是個好機會，沒想到最後的最後，琴里還是如此不坦率呀。」

此時，耳麥突然傳來說話聲。

「……好吧。再做件會讓她產生動搖的事情吧……」

「妳說要再次讓她產生動搖……？我可不想再坐一次滑水道了唷……」

「……嗯，別擔心。你只要安安靜靜地待在原地就可以了。」

「那是什麼意思……？」

然後，就在士道皺起眉頭的時候，在空中與兩人分散的十香往士道與琴里的方向靠過去。

「士道、琴里，再玩一次吧？」

似乎相當喜愛這項水上活動，十香露出天真的表情如此說道。

「不……我不玩了。」

「……我也是。」

士道與琴里連忙搖頭。然後，「噗～」十香失望地噘嘴。

「為什麼？明明這麼好玩……」

然後，就在十香說話的時候，待在十香背後，身上套著游泳圈的兩名小女孩，用腳啪答啪答地踢著水並且往這邊游過來。接著，就在兩人經過十香背後的那一瞬間——

「——咦？」

其中一名女孩似乎在交錯而過的時候拉扯到十香泳衣的綁繩。於是，十香泳衣的胸罩輕飄飄地掉落在水面上。士道臉上浮現目瞪口呆的表情。

「……？」

過了一秒，十香才察覺到不對勁，慢慢地將視線往下移——

「————！」

發出不成聲的慘叫，用雙手遮掩胸口，將頭部以下的身子浸到水底下。

「士……士道！你……你你你你你你看見了吧！」

「沒……沒有！我沒看到哦！」

「真……真的嗎？」

「真的！」

士道拚命為自己的清白辯駁。接下來，十香再次將身子往下沉到鼻頭處，紅著臉在水中吐出泡泡之後，撿回漂浮在水面上的泳衣，接著在水中將泳衣穿回去。

士道在此時鬆了一口氣。其實士道隱隱約約，真的只有隱隱約約地看見了。不過士道明白要是老實承認的話，自己的小命可能就不保了。

但是，真正的威脅並不僅僅如此而已。

「……士道。」

聽見從背後傳來語氣平靜卻充斥怒氣的聲音，士道的雙肩顫抖了一下。

「琴……琴……里？」

「……你明明說過比較喜歡微微隆起的胸部。」

「咦——？」

因為聽見這句出乎意料之外的話而感到吃驚的瞬間，足以摧毀世界的右拳揮來，在士道的心口處爆炸了。

「哦呀……！」

「哼，居然叫出『哦呀』。真是世間最強呀！」

琴里像是要除去血跡般地揮動右手之後，隨即轉身離開現場。

腹部的劇烈疼痛讓士道縮起身子。此時，令音出聲說道：

「……姆。反應跟剛剛的有點不同吶。」

「……那兩個經過十香背後的……女孩子們……難道也是〈拉塔托斯克〉的……？」

「…不是，如果是特務人員的話，就會被琴里發現了。所以剛剛派出金錢天使收買她們…」

「…………」

眼前出現金錢天使飛舞的錯覺，「噗嘩——！」士道的身體漂浮在水面上。

◇

現在時間是下午兩點十分。士道一行人目前正在海洋公園的餐飲區吃著遲來的午餐。士道、十香、四糸乃，還有琴里四人坐在一張塑膠製的白色餐桌旁邊，桌上擺放著盛有總匯三明治的大盤子以及裝有飲料的紙杯。份量看起來似乎有點多……不過，只要有十香在，這些餐點應該吃得完吧。

「嗯，好好吃喔，士道！」

十香大口大口地咀嚼三明治，臉上洋溢著愉悅的笑容。明明只是相當普通的食物，但是十香總是能吃得津津有味。相對的，坐在十香正對面的四糸乃，則是用自己的櫻桃小嘴一點一點地咬著三明治，然後點了點頭。

「很……很好吃。」

「是……是嗎……真是太好了。」

看見兩人的反應，士道露出了一個勉強的微笑。兩人並沒有做錯什麼事。相反的，士道很高興她們能盡情享受這頓午餐。

但是，現在卻有個問題一直懸在士道心頭。讓看見十香與四糸乃溫暖身影而感到平靜的心，在一瞬間緊張了起來。

原因其實非常單純。那就是坐在士道正對面，環抱雙臂、雙腳交疊在一起的琴里。

不知道是不是不喜歡菜色的緣故，從剛剛開始，琴里幾乎不曾動過那些三明治。只會偶爾喝幾口飲料，從頭到尾不發一語。看起來就是一副不高興的樣子。

「……唔。」

士道發出一聲沒人聽得見的細微嘟囔聲。

來到海洋公園的時間已經超過三個小時了。雖然在〈拉塔托斯克〉的協助之下嘗試了各種方法，但是一直看不見顯著的成效。

——由於可以事先擬定對策，所以與其他精靈相比，反而更容易攻陷她的心房？

士道在心中否決這項說法。這哪裡像是容易攻陷的對象啊。的確，在知道我方意圖的情況下，與之前的精靈相比，琴里的安全性或許比較高。不過相對的，攻略的難易度也變得異常地高。毫無疑問的，五河琴里是最大的強敵。

「……令音，琴里的心情與好感度數值的情況如何？」

若無其事地用手遮住嘴巴，士道壓低聲音，透過耳麥向待在〈佛拉克西納斯〉的令音提出問題。接下來，數秒之後，充滿睡意的聲音傳進右耳。

「……嗯。沒有明顯下降……不過也沒有上升吶。只要轉換成圖表的話便能一目了然。一直是一條筆直的直線。」

聽見這段話，士道低聲呢喃。數據沒有上升是預料中的事，不過居然沒有下降。

也就是說，琴里處於相當冷靜的狀態中。原因可能是琴里已經看穿〈拉塔托斯克〉的指示？抑或是對方是自己哥哥的緣故呢？

「…………」

接下來的幾秒鐘，士道一行人陷入尷尬的沉默當中。

「士道，不要一直沉默不語。不管話題什麼都可以，快點說些話。」

「啊，啊啊……好的。」

聽見神無月的話，士道的眉毛抽動了一下。神無月說得沒錯。出現無話可說的空檔是最糟糕的情況。為了找尋話題，士道的視線不斷在四周打轉。

然後——就在琴里再次喝飲料的時候，突然發出像是嗆到般的幾聲咳嗽聲。

「咳！咳……」

「妳沒……沒事吧，琴里？」

「……嗯，我只是稍微嗆到而已。」

說完後，琴里分開原本重疊在一起的雙腳，站起身來。然後就這樣一語不發地離開了。

「琴里……？妳要去哪裡？」

「居然在淑女離席時詢問目的地，如果今天約會對象不是我的話，你的小命可就不保了。」

「……我會銘記在心的。」

目送走向洗手間的琴里的背影之後，士道大大嘆了一口氣，然後突然趴倒在桌子上。

「士道？」

「啊啊……抱歉。妳們還在吃飯中呢。」

聽見十香語帶疑惑的聲音，士道抬起頭來。與此同時，肚子響起「咕嚕」聲。似乎是因為沒看見琴里身影的緣故，讓緊張的心情放鬆不少。

士道伸手拿起盤子上的三明治，大口咀嚼之後吞下肚。原來如此，這個三明治真是美味。可以理解十香她們為何會這麼喜歡了。

「……嗯？」

然後，士道眨了眨眼。因為士道發現十香、四糸乃，甚至連「四糸奈」都目不轉睛地凝視著自己。

「什……什麼？怎麼了嗎？」

「沒有……只是覺得你終於恢復成原本的士道了。」

「咦？」

士道驚訝地瞪大眼睛。然後，這次換成四糸乃與「四糸奈」開口說話了。

「你……跟……琴里，吵架……了嗎？」

「因為琴里一離開這裡，你馬上就放鬆下來。真是讓人一眼就能看穿呢，士道。」

「咦……這……這麼明顯嗎？」

聽見士道的問題，兩人加一隻手偶不斷點頭。

「…………」

士道搔搔臉頰。雖然沒有自覺，不過自己似乎表現得很不自然。

和妹妹約會，讓她迷戀上自己……然後封印她的力量。

原本就是讓人相當難為情的任務，再加上對象是難以征服的〈拉塔托斯克〉司令官。

伴隨而來的壓力似乎比原本預想的還要大，因此讓士道感到非常緊張。

「不，其實事情不是這樣的……」

「…………」

「嗚……」

兩人加一隻手偶的視線直直射在自己身上，士道不自覺地從座位上站起來。

「我……我也去一下洗手間……」

「啊，士道！」

將十香的呼喚聲拋在背後，士道匆匆忙忙地逃離現場。

遠離一段距離之後，他才終於鬆了一口氣。

「……是嗎。我……表現得那麼緊張嗎？」

士道一邊說話一邊搔了搔頭。總覺得自己真是丟臉。

「令音…你們也會監控我的精神狀態嗎？如果有的話，希望妳可以告訴我現在的數值……」

對著耳麥如此詢問。但是不知為何，士道卻沒有聽見任何回應。
過沒多久，士道聽見預料之外，另一個人的聲音。
「啊啊，士道。不好意思，村雨分析官暫時離開座位了。」
「啊，是嗎。」
原本打算問「她去哪裡了？」的士道，突然想起琴里剛剛對自己的提醒。於是連忙在千鈞一髮之際閉上嘴巴。
「啊……」
士道再次用雙手胡亂搔了搔頭髮。
既然當著大家的面說出自己要去洗手間這種話，要是太快回去的話似乎有點不恰當。雖然不想上廁所，不過還是可以去洗手間用冷水洗個臉吧。於是，士道便朝著洗手間的方向走過去。
然後——在半途中。士道不自覺地停下腳步。
「嗯？」
眼前是並列在洗手間前方的自動販賣機。販賣機後方傳來細微聲響。
側耳傾聽，似乎是有人正在竊竊私語。其實這並不是什麼引人注意的事情。不過——在這些聲音當中，士道發現有個耳熟的聲音混雜其中。
「什麼……？」

感到疑惑的士道，朝著那個方向走過去。接下來，簡直像是要阻止士道的行動般，神無月的聲音突然傳進右耳。

「士道，那裡是——」

不過，為時已晚。神無月還來不及阻止，士道就已經窺探到了。

「——」

接下來，士道驚訝到不知該說什麼。

在並排販賣機的背後所形成的，如同口袋般的小空間。這個場所明明與熱鬧的泳池區相隔不遠，卻飄散著隔絕喧囂的孤寂感。

那個地方——有兩個人身處其中。

其中一人是身穿與泳池不搭的白袍打扮，跪在地上、側肩背著黑色包包的，令音。然後另一個人是——靠著牆壁癱坐在地上，一臉痛苦地抱著頭的琴里。

士道下意識地退後一步躲藏起來。

因為士道看見了妹妹如此痛苦的身影。其實士道應該慌慌張張地跑過去關切才對——但是不知為何，士道卻覺得自己不能這麼做。

「……妳沒事吧，琴里？」

「嗯……勉強還撐得住。不過，情況很危險——拜託妳。」

琴里將單手手臂伸到令音面前。不過，琴里卻面露遲疑地咬住嘴唇。

「……今天早上已經注射過比正常的藥量還要多出五十倍的藥劑了。如果繼續增加藥量，可能會危害妳的性命。」

「呵呵……已經精靈化的我，不可能會有藥物致死的問題。」

令音露出愁眉苦臉的表情。不過，像是在填補急促呼吸的空檔般，琴里開口說道：

「……拜託妳。這是和士道的……和哥哥的約會呀。」

「……！」

聽見這句話，士道屏住呼吸。

至今的緊張情緒完全拋諸腦後，心臟如擂鼓般劇烈跳動。怦通、怦通。怦通、怦通。像是用力擠壓般，幾乎要令人感到疼痛的跳動方式。

將積存在口腔內的唾液嚥下，然後，不知何時變得乾涸的喉嚨發出「啪哩、啪哩」的悲鳴聲。指尖不斷顫抖。雙腳不斷顫抖。雖然士道待在保持一定溫度的室內，但是全身卻像凍僵似地微微顫抖。

自己早該知道、早該聽說、早該有所覺悟。

已經取回完整靈力的琴里，正在拚命抵抗大量湧入體內的破壞衝動。

身為司令官的琴里，獨自一人被軟禁在艦內戒備森嚴的隔離區的理由。

琴里所能忍耐的最後極限，就在今天晚上。

——士道應該早就知道這些事情了啊。

「啊……」

不自覺地，發出聲音。雖然聲音並沒有大到讓琴里她們發現士道的存在——不過，那卻是足以從內部敲擊自身腦袋的音量。

自己早該知道、早該聽說、早該有所覺悟了。但是……

士道心中確實存有僥倖的念頭。

所以態度還是一樣從容不迫、傲慢、無所畏懼。

因為士道的內心深處對於總是把自己耍得團團轉、綁著黑色緞帶的妹妹，一直感到非常放心。

「我——」

認為如此強悍的琴里不可能會被精靈的力量吞噬。

即使無法讓她迷戀上我，一定也能安然無事。

他們只是沒有告訴士道而已，他們應該還隱瞞著其他解決方法吧？

毫無根據地，萌生這些念頭……！

悔恨、羞恥，對這樣的自己感到懊悔與羞恥的感情，不斷侵蝕士道的內心。

讓士道的思考突然中斷的，是琴里悲痛的呻吟聲。用雙手抱頭，咬緊牙關忍耐劇烈頭痛，全身微微顫抖。

幾秒之後，琴里微微張開眼睛，重新看向令音。

「——喂，拜託妳。這很有可能是最後一次了。如果失敗的話，今天過後，我將會喪失自我。所以在那之前，請讓我完成與哥哥的約會……」

「…………」

令音躊躇了一會兒…然後輕輕嘆了口氣，同時打開放置在身旁的包包，從裡面取出注射器。

「……謝謝。我會記住妳的恩情。」

「……不客氣。不過，這是最後一次了唷。」

令音一邊說話，一邊握住琴里的左手臂，將注射針刺進去。接下來，經過幾秒鐘之後，琴里大大嘆了一口氣。呼吸漸漸趨於穩定，臉色也變得比較好看了。

「抱歉……妳真是幫了個大忙。」

說完後，琴里準備站起身來——不過又再次跌坐回原地。

「……不要逞強。妳先休息一下。」

「沒關係。如果不快點回去的話，不懂得善解人意的士道可能會展開無意義的尋人行動。」

「……不行。妳在這邊等一下。我去買水過來。」

「好、好……我知道了。」

令音當場站起來，往自己所在的方向走過來。士道慌慌張張地打算離開那個地方，但是……在這個時候，與令音四目相交了。

「……啊——」

令音的眉毛抽動了一下，然後直接以極其自然的動作抓住士道的肩膀，將他拉到自動販賣機的外側。

接下來，令音將臉湊近士道，用待在裡側的琴里所聽不見的細小音量開口說道：

「……你聽到多少？」

「這……那個，應該算是……從頭到尾都聽見了……」

令音陷入一陣沉默。士道嚥了一口口水之後，開口說道：

「令音，妳為什麼會在這裡？而且妳的打扮……」

士道一邊看著泳裝搭配白袍的奇特打扮一邊如此說道。然後，令音以理所當然的語氣回答道：

「……在這裡穿軍服的話，會太引人注目吧。」

「…………」

雖然認為這副打扮也相當引人注目，不過士道還是選擇不繼續追問下去。

——因為現在有令士道更加介意的事情。

「令音。琴里……是從何時開始處於這種狀態之中的？」

聽見士道的問題，令音猶豫了幾秒鐘之後做出回應：

「……從她取回靈力的那一瞬間開始。」

聽見令音的話，士道咬住下唇。

其實士道早有心理準備。只是聽見如此明確的答案之後，心臟又跳動得更加快速了。

「那麼，為什麼……」

「……這是琴里的意思。她希望我們對小士保密。」

「——！」

士道屏住呼吸，緊閉嘴唇。不理會士道的反應，令音繼續說道：

「……其實，琴里本來連『今天是最後極限』這種事情都不想告訴你呢。」

「怎麼會……為什麼？」

士道以顫抖不已的聲音如此問道。然後，令音嘆了口氣繼續說道：

「……應該是因為，琴里不希望你懷抱著同情或憐憫之心與她約會吧。」

「————」

緊咬牙齒。可能是牙齦被咬到出血了吧，士道嚐到一絲血腥味。

「……所以，拜託你。請你裝作不知道這件事情吧。為了琴里好。」

「…………」

「……小士。」

「……我知道了。」

士道做了一個大大的深呼吸，接著轉過身，返回有十香一行人等待的餐飲區。

「哦哦，士道。你好慢呀。」

似乎已經吃完自己份量的三明治，十香吸了一口飲料之後大叫出聲。士道一語不發地坐到椅子上，目不轉睛地凝視兩人。

「士道？」

「發生……什麼事了？」

面對兩人的問題，士道點頭回應。

「……嗯。事實上，流動水池的森林巡航之旅就要開始了。」

聽見士道的話，十香的眼睛瞬間亮了起來。

「那……那是什麼？」

「那是可以讓妳坐上大船，在園區內的流動水池環繞一圈的冒險活動唷。妳要不要跟四糸乃一起去玩呢？」

「哦哦……要去！我要去！」

十香手舞足蹈地大叫出聲。不過，隨即又歪著頭問道：

「姆……？士道你不去嗎？」

「啊啊……我和琴里有點事……」

「是嗎？那麼我也要跟你們去……」

然後，就在此時，四糸乃握住十香的手。

「十香……我……想去……森林巡航。妳可以跟我一起去嗎……？」

「嗯？」

「拜託妳……我只能拜託十香陪我去。」

聽見四糸乃的話，十香露出猶豫不決的表情，搔了搔臉頰。

「姆，真沒辦法吶……那麼士道，我跟四糸乃一起去玩那個森林巡航囉！」

「嗯，要注意安全哦。」

士道揮揮手。十香與四糸乃也揮了揮手作為回應，然後便往士道指示的方向走過去。

此時，四糸乃突然回過頭對士道說：「……請……加油。」

「……啊，我好像離開太久了吶。」

琴里低聲嘟囔幾句之後，加快腳步返回餐飲區。筆直地走向士道一行人所在的餐桌位置。

不過，在抵達之前，琴里皺起眉頭歪著頭。

因為剛剛琴里坐在旁邊的那張白色桌子，現在只剩下士道一個人而已。

「士道？」

聽見琴里的聲音，士道緩緩回過頭來。

……不知為何，士道給人的感覺似乎與剛剛不同。在琴里離席之前的士道一直做出奇怪的舉動，而且表現得毛毛躁躁的。但是現在的士道──沒錯，跟平時綁著白色緞帶的琴里一同生活的那個士道非常相近。

「那兩個人……」

「琴里。現在立刻換衣服，然後前往陸上樂園集合。」

「……啊？」

來不及在一瞬間理解士道的話，琴里歪了歪頭。

不過，經過一秒之後，「啊啊～」琴里嘆了一口氣。

「啊啊……又是出自〈佛拉克西納斯〉的指示嗎？因為在這裡遲遲沒有進展，所以將約會地點變更到遊樂區嗎？哼，我是無所謂啦──」

不過，就在琴里聳著肩說出這段話的時候……

「不對。」

士道再次打斷琴里的話，從椅子上站起來。接下來直接將手放在右耳上——

拔掉原本裝戴在耳朵上的耳麥，然後放在桌面上。

「……士道？」

看見這個出乎預料之外的舉動，琴里皺起眉頭。

士道以相當沉著，但卻能讓人感受到堅強意志力的語氣繼續說道：

「其實，比起游泳池，我更喜歡遊樂園。」

「啊……？」

琴里更加用力地緊皺眉頭，並且噘起嘴巴。

「你到底在說什麼呀？話說回來，十香跟四糸乃呢？就算今天的攻略對象是我，但是如果讓那兩個人處於精神不穩定的狀態，因此讓精靈力量產生逆流的話那就糟糕了哦，難道你忘記剛剛四糸乃的事件了嗎？」

「我沒有忘記啊。那兩個人現在正在玩叢林巡航。我有聯絡神無月他們，請他們代為照顧。所以不用擔心她們。」

「……你想做什麼？」

無法理解士道的意圖，琴里愁眉苦臉地如此問道。

於是，士道握住琴里的手並且揚起嘴角。

「一起去玩吧——好久沒來遊樂園了。我會讓妳玩到累翻天的。妳覺悟吧，琴里。」

「什……什麼……？」

琴里在一頭霧水的情況下，被士道牽起了手。

# 第十章　五年前的復仇者

燎子以工作服打扮踏進陸上自衛隊天宮駐防基地CR-Unit飛機庫，在看見庫內的騷動之後，驚訝地出聲說道：

「喂，發生什麼事情了？」

她向待在附近的維修員提出疑問。表現出慌張模樣的維修員，鬱悶地皺起眉頭。

「有什麼事情等等再說！我現在沒有空管──呃，隊長！」

維修員迅速地敬了一個禮。燎子輕輕搖頭之後繼續說道：

「不用敬禮了。快點告訴我到底發生什麼事情了。」

「那個……〈White Licorice〉與所有彈藥一起消失不見了。」

「你說什麼！」

燎子驚訝地瞪大眼睛，然後將臉轉向右方。

如維修員所言，原本放置大型討伐兵裝的場所突然開了個大洞，周圍則有許多名隊員與維修員慌慌張張地走來走去。

「是誰拿走的……？」

「不……不知道……我也不清楚詳情……」

燎子環視庫內的狀況——雖然必須要等到詳細調查之後才能確定，不過燎子並沒有發現其他異樣。甚至找不到門被破壞之後，運送車輛搬運貨品的痕跡。

也就是說，犯人是在沒有運送車輛的情況下移動那個巨大兵裝。

燎子沉默了一會兒，再次對維修員開口說道：

「——現在，緊急著裝行動裝置的保管狀況是否正常？」

「緊急著裝行動裝置……嗎？請您稍等一下。」

維修員說完後，開始操作起手上的小型終端機。

所謂的「緊急著裝行動裝置」，是一種能暫時展開隨意領域（Territory），並且在瞬間穿上接線套裝的裝備。

只要ＡＳＴ隊員使用這項裝備，即使沒有正式的著裝許可也能獲得巫師的力量。

因此，這項裝備必須接受電腦的管理。而電腦會自動記錄下拿走行動裝置的人員、時間，以及何時完成著裝動作等事項。

這只是其中一種可能性，一個小小的懷疑而已。

不過——能在不使用運送車輛的情況下，瞬間偷走〈White Licorice〉這種巨大裝備等級的人，除了能夠展開隨意領域的巫師之外別無他人。

燎子在心中暗自祈禱不要出現符合條件的代碼，同時等待維修員的回應。

——不過，「嗶——」就在終端機發出尖銳聲響的同時，維修員以哽咽聲音說道：

「隊長，有……有一名隊員，正攜帶著行動裝置。」

「……是誰？」

燎子如此問道。然後，維修員以顫抖的聲音開口說：

「是……是鳶一折紙上士……」

◇

「很好——！琴里！接下來要玩什麼？」

玩完自由落體的士道，牽著琴里的手往前奔跑。

「等……等一下啦！」

頭髮亂糟糟的琴里在大叫出聲的同時，用雙腳使勁地踩住地面阻止士道繼續前進。

「嗯？妳怎麼了？琴里？」

「你還問我怎麼了……！快點解釋這是怎麼回事！快點說清楚呀！」

琴里以激動的語氣大吼大叫。

哎呀，這也難怪呀。因為士道將換好衣服的琴里強拉到陸上遊樂區之後，立刻不容分說地搭上離兩人最近的慘叫系遊樂設施放聲吶喊。

「解釋？剛剛就說過了呀。老實說，哥哥很喜歡來遊樂園玩唷！」

「這根本不是解釋呀！只不過是因為這個理由，所以你就拉著我跑來跑去？」

「哇，妳這傢伙，怎麼可以說是『只不過因為這個理由』呢！妳要知道男生只要升上高中，就無法隨隨便便進來遊樂園遊玩囉！就算是和家人一起來也會令人感到難為情啊。而且身邊都是男性朋友，這是相當可悲的一件事。到了最後，只有『擁有女朋友』這種特殊階級的人，才能夠在遊樂園裡生存！想來遊樂園卻無法來的男孩子，在世界上可是有好幾萬人啊！」

士道以高亢的聲音控訴道。然後，琴里眼露凶光地說道：

「誰理你呀！首先——」

不過，話才說到一半，琴里突然察覺到某件事，喉嚨突然緊縮起來。

「女……女朋友……」

她以細微的音量喃喃自語，同時漲紅了臉。

「嗯？琴里，妳怎麼了？啊，難道妳……」

「我……我沒事唷！別在意——」

「害怕坐自由落體嗎？什麼嘛！早點告訴我就好了啊！」

士道用手遮住嘴角竊笑。然後，滿臉通紅的琴里朝著士道揮出拳頭。

「好痛痛痛！住……住手啦！」

「囉唆！可惡、可惡！」

好不容易從這波攻勢逃脫之後，這一次士道指向雲霄飛車的搭乘入口。

「好，琴里。這一次我們去搭乘那個吧！」

「拜託你，好好聽別人說話！」

「啊，是嗎？琴里的身高不足，不能搭乘啊～」

士道的臉上浮現一抹竊笑，同時如此說道。接著，琴里紅著臉再次展開突擊。

「你不要把我當笨蛋！雲霄飛車的身高限制只有一百一十公分而已！我才沒有那麼矮呢！」

「咦？不過妳很害怕吧？」

「你不要小看我！我才擔心士道會不會嚇到尿出來呢！」

「什麼？那麼，我們來比賽誰比較膽小吧？」

「正如我所願！」

琴里呼吸急促地點了點頭，然後與士道一起爬上搭乘入口的樓梯。

「啊……！」當琴里注意到自己跳進士道所設的圈套時，雲霄飛車的安全壓桿已經降下。

「嗚姆……士道這麼做真的沒問題嗎？」

飄浮在海洋公園上方的〈佛拉克西納斯〉的艦橋中，模樣緊張的神無月正環抱著手臂，用鞋底輕輕敲打地板。

「……不，說不定對於琴里而言，這個方法反而更加適合。」

然後，坐在艦橋下方的令音目不轉睛地凝視著畫面，同時以平靜的聲音如此說道。

「是嗎。」

「……是的。小士做得不錯嘛。或許是我們顧慮太多了吶。」

令音低聲呢喃。不過，神無月仍舊一臉擔憂地皺起眉頭看著主螢幕。

然後，就在士道與琴里踏進鬼屋的時候，神無月突然發出「啊啊！」的聲音。

主螢幕上播放出兩人漫步在黑暗中的身影。接下來，就在從入口照射進來的光線幾乎消失不見的地方，士道向琴里伸出手。

「喂，琴里，手給我。」

「啊……啊啊？你在說什麼呀？不要把我當小孩子可以嗎？還是你另有意圖？難道會感到害怕的人，是士道你？」

說完後，琴里用力地搖了搖頭。如果是平時的固定模式，此時士道應該就不會再多說些什麼話了吧。

不過，士道卻用誇張的動作點了點頭，然後弱不禁風地縮起肩膀。

「沒錯，其實我非常害怕。所以，琴里，拜託妳握住哥哥的手吧。」

「你……你在做什麼呀！好噁心唷！」

「琴里～」

「我……我知道了啦……！我知道了，所以你不要再吵了！」

琴里搔了搔頭，猶豫了一秒之後握住士道的手。接下來，琴里有點難為情地低下頭。真是讓人感到欣慰的光景。至少，船員們似乎無法理解神無月大叫的理由。

「怎……怎麼了，副司令？」

「士道，好不容易可以到鬼屋玩，居然放棄這麼好的機會……！」

「咦……？他們好好地牽著手，看不出來有什麼問題……」

艦橋下方的船員們如此說道。不過，神無月卻搖了搖頭。

「你們在胡說些什麼啊！應該要趁現在抱住司令啊！除了可以合法享受司令那柔軟的肢體之外，說不定在那之後還能被司令用堅固的鞋底踩臉……！」

「…………」

船員們不約而同地流下冷汗。

此時，已經穿越鬼屋的士道兩人正往碰碰車的方向走過去。

原本打算各自乘坐一台的琴里，在看見士道朝自己招手的動作之後，有點難為情地漲紅了臉，同時坐進供兩人乘坐的大型車子中。

「啊，啊啊……！士道，你居然做出這種事情……！」

看見這副景象，神無月再次發出充滿悲愴的聲音。

「為什麼要一起搭乘車子呢！這個時候應該讓司令單獨坐一台車，自己則用雙腳奔跑才對啊！司令面露虐待狂的微笑並且驅車逼近！距離逐漸被拉短！最後，頑強的阿基里斯腱承受到攻擊，自己因此當場跌倒在地，汽車保險桿的殘酷洗禮蹂躪全身……！啊啊！司令！請大發慈悲呀！請大發慈悲呀！」

「…………」

神無月神色恍惚地扭轉身體的模樣，再次吸引住船員們眼角泛淚的視線。

那股視線，代表著全體人員的共識——「或許士道將耳麥丟棄是正確的決定」。

◇

「呼……！」

嘆了一口氣，琴里坐到中央廣場的長椅上。時間已經來到下午五點了。

在那之後，士道與琴里以征服遊樂園區所有設施的氣勢，不斷地遊玩再遊玩。所以琴里會感到勞累也是理所當然。

「啊……真是糟糕！我真是太小看遊樂園了！這裡真是超好玩的！」

「哼，真是個小鬼。希望你在高中畢業之前能不用再換尿布了。」

「因為玩噴水雲霄飛車而樂翻天的妳才沒有資格說我呢～」

「你……你說什麼！」

琴里發出不滿的叫聲，然後隨即嘆一口氣恢復原本的姿勢。

「哼……算了，我累了。而且……這裡確實滿好玩的。」

「嗯，是嗎。」

士道垂下雙眼，然後伸了一個大大的懶腰。脊椎發出輕微的聲響。

「不過……我們有多久沒來遊樂園了呢？爸爸與媽媽經常不在家，所以應該已經很久……」

「五年前唷。」

「咦？」

聽見琴里的即刻回答，士道發出錯愕的聲音。雖然琴里在一瞬間露出後悔的神情……不過後來還是以「既然說出口，那也沒辦法了」的態度，繼續說道：

「我們全家最後一次到遊樂園的時間是在五年前。從那之後，我們就沒再去過了。」

「妳記得真清楚。是嗎……已經五年了啊……」

士道一邊在嘴裡呢喃這句話，一邊搔了搔臉頰。

五年前。總覺得最近這幾天經常聽見這個詞。

那一年，五河家最後一次到遊樂園遊玩；那一年，琴里化身為精靈；那一年，士道封印了精靈的力量。還有——那一年，折紙的雙親死於非命。

士道沉默不語地從長椅上站起身來，接著走到能與原本坐在身旁的琴里面對面的位置。

——前天，士道想起一件事情。五年前，天宮市南甲町發生火災當天的事情，以及身穿靈裝的琴里正在哭泣的光景。

所以，有個疑問一直像個沉澱物般盤據在士道心中。

那就是——殺死折紙雙親的人，到底是不是琴里？

「……怎麼了？」

琴里微微歪頭。不過，經過數秒之後，琴里像是察覺到某件事情般，肩膀微微顫抖了一下。

不知想到了什麼事情，琴里滿臉通紅，目光游移不定。

「呃，那……那個……難道……」

「琴里。」

「嗚……嗚啊……！」

聽見士道以平靜的語氣叫喚自己的名字，琴里驚訝地叫出聲來。

「士……士道……？那個，嗯，時間應該差不多了……不過，那個……至……至少先移動到人潮少一點的場所吧？」

「……？為什麼？」

「你……你還問為什麼……」

琴里四處張望。周圍確實有幾名路人，不過彼此之間的距離並不能聽見對方的談話內容。所以應該不用那麼小心謹慎才對。

「在這裡應該沒關係吧？」

「咿……！」

士道如此說道。然後，琴里原本泛紅的臉頰變得更加通紅，並且發出不成聲的叫聲。

他一臉疑惑地凝視著琴里，同時輕輕開口說道：

「我說，琴里呀……」

「……！什……什麼……？」

「我有事情……要問妳。」

「不……不要那麼直接說出『我想吻妳』這種話……呃，咦？」

「咦？」

士道與琴里目瞪口呆地看向對方。

「那……那個？抱歉，琴里現在——」

「囉……囉唆！不要在意這種事情！你想問的事情是什麼？快點問呀！」

「好……好的……」

被琴里的氣勢所震懾，士道往後退了一步。雖然很在意琴里的狀況，不過既然琴里都這麼說了，自己也只好先開口詢問這件事情了。

士道咳了一聲，然後目不轉睛地凝視琴里的眼睛。

「那個啊，琴里。妳在五年前——」

——然後，話還未說完的瞬間，士道發現四周的聲音似乎漸漸變得模糊不清。

瞬間之後，士道發現——自己的周圍出現一道如同薄膜般的隱形牆壁。沒錯。簡直就像是，AST的隨意領域……

「咦——？」

接下來，士道看見有個黑影從上方降落在眼前——也就是琴里所在的場所。

下一瞬間，驚人的爆炸聲音響遍四周，視野內的所有景色皆被火焰包覆。

「什……？」

一瞬間還來不及理解發生在眼前的突發狀況，士道只能呆愣在原地，無法動彈。

士道完全沒有受傷。因為展開在周圍的那道隱形牆壁完全阻絕了爆炸的衝擊。

不過，在牆壁的外側——也就是琴里所在的那一側的景色，已經面目全非。

士道往前邁步想要走到煙霧瀰漫的牆壁外側。不過，士道的力道根本無法動搖隱形牆壁一絲一毫。

「琴里！」

士道大叫出聲——接著，他察覺到從上方投射而來的視線。

這種狀況絕對不可能是自然發生。

一定是有人，在對某人懷抱著惡意與殺意的情況下，所做出來的蓄意攻擊。

士道迅速地抬起頭——在看清上方的人影之後，再次屏住呼吸。

「折紙……！」

沒錯。以睥睨的眼神看著士道與琴里的所在位置，身穿接線套裝與CR-Unit的鳶一折紙正飛翔在半空中。

「——士道。那裡很危險，快點離開。」

每次出擊時，折紙的裝備都會有些微的差異。不過，她現在穿在身上的顯現裝置，散發出以往那些裝備所無法比擬的異樣感。

那是能完全包覆住折紙身體的巨大顯現裝置。背部裝備了一整排看似飛彈發射器或貨櫃的零件。從背後延伸到雙臂的零件上，可以看見一把顯現出長光刃的大型光劍，而且其外側還有兩門猶如戰艦主砲般的巨型大砲。

簡直就像是背著軍火庫出門的奇特裝備。

——沒錯。朝著琴里開槍射擊的人，就是這名少女。

「嗚——哇啊啊啊啊啊啊啊！」

一秒之後，周圍的遊客似乎也察覺到這起異常事件。四周的尖叫聲此起彼落，遊客們紛紛逃離現場。

這也難怪。如果折紙只是單純現身的話，或許有些遊客會認為那只是遊樂園的新型表演節目而已。但是折紙卻發射出看似飛彈的物品，將周圍化為一片焦土。所以遊客們會落荒而逃也是理所當然。

不過，士道沒有移動。身體無法動彈。

用幾乎要擠出血來的力道緊握住拳頭，瞪視飄浮在天空中的折紙。

「折紙——！妳這傢伙！妳知道妳剛剛做了什麼事嗎……！」

士道用嘶啞的聲音大吼，折紙靜靜地點頭說：

「——殺了五河琴里。」

聽見這句簡單扼要的話，士道全身顫抖了一下。不過──

「……殺了，嗎？哎，妳說話也太不謹慎了吧。」

前方──也就是從琴里所在位置的方向傳來語帶輕蔑的聲音，同時，原本蟠踞在那裡的煙霧像是被強風捲起般，消失得無影無蹤。其中心處，可以看見被火焰之壁所守護的琴里的身影。

「呼～」

琴里輕輕嘆了一口氣，然後彈了一個響指。於是，包圍在琴里身邊的火焰之壁立刻消失在空氣之中。接下來，琴里轉頭看向折紙，像是在嘲笑對方般地揚起下巴。

「鳶一折紙。我還以為妳會是個更聰明的人。」

「……妳認識我？」

「我才不認識在沒有發布警報，沒有疏散人群避難的情況之下，就胡亂發射飛彈的瘋女人呢。」

「…………」

折紙沉默不語地使出一個銳利的眼神。那恐怕是對CR-Unit所下達的指令吧。揹在背後的武器貨櫃展開其中一部分，出現無數槍口。

然後，從那個方向同時發射出來的槍林彈雨，瞄準琴里直撲而來。

利用隨意領域創造出來的完美彈道。當然，有些流彈還是會朝著待在極近距離的士道的方向射過去，但是展開在士道周圍的那道隱形牆壁，將所有的攻擊都阻擋了下來——這道牆恐怕也是折紙架設出來的吧。

「……！琴里！」

士道在轟隆作響的槍聲中，下意識地用手臂遮住臉並且大叫出聲。

琴里從容不迫地舉起手。於是，從腳邊竄起的鮮紅火焰立刻將折紙發射過來的子彈全部吞沒。

「〈神威靈裝・五番〉（Elohim Gibor）！」

琴里的話才剛說完，火焰便纏繞上身體，燃燒琴里的衣服。

下一瞬間，彷彿是要代替琴里的衣服，火焰突然轉換成具有幻想風格的和服形狀。飄逸的羽衣。有火焰燃燒的衣袖。還有——純白的角。靈裝。為了守護精靈，如同絕對堡壘般的盔甲。

「〈灼爛殲鬼〉！」

琴里接著說出這句話，然後，火焰集結在琴里的手上，形成一把巨大的戰斧。

看見琴里的那副模樣，折紙的臉上浮現氣憤的扭曲表情。

無法相信折紙會露出這種表情，士道皺起眉頭。鳶一折紙。完美無缺的優等生。平時總是保持冷靜而沉著的態度，臉上表情也幾乎沒有變化。

那樣的鳶一折紙，現在臉上居然浮現憤怒的表情並且瞪視著琴里。

「終於……找到了……！」

就在折紙說出這句話的瞬間，士道的身體突然無聲無息地往上飄浮起來。

「什……！」

「這裡很危險。士道，到旁邊去吧。」

折紙稍微移動視線之後，士道的身體便被輕輕吹往那個方向。

「嗚哇！」

身體在柔軟的草地上翻滾，士道在低聲呻吟的同時用手抱住了頭。

此時，士道察覺到原本展開在周圍的那道隱形牆壁已經被解除了。

不過，現在不是在意那種小事的時候。慌張起身，然後將視線挪到剛剛被吹飛的方向——身穿靈裝的琴里，以及被巨大顯現裝置所包覆的折紙她們的所在位置。

「琴里——折紙……！」

最愛的妹妹以及，友人。對於士道而言相當重要的兩個人，正手持能夠讓對方一擊斃命的武器，互相對峙著。士道連想都不願去想的最壞情況，就發生在眼前。

「呼——！」

就在折紙輕輕吐氣的一瞬間，背負在背上的貨櫃型顯現裝置，打開了所有開口。接下來，數量與剛剛完全無法比擬的大量飛彈描繪出煙霧軌跡，同時朝著位於地面的琴里逐步逼近。

驚人的爆炸聲與爆風、強烈的震動與衝擊波，往四周擴散開來。

「嗚……！」

士道下意識地用手臂遮住臉，並且瞇起眼睛。但是這樣還不夠，他將身子壓低到地面上，努力不讓自己的身體被爆風吹走。

執意要殲滅地上所有事物的爆炸使徒，在瞬間摧毀了遊樂園的其中一部分。琴里所站立的場所像是發生過空間震般，地面被挖了一個大洞，所有東西都消失得無影無蹤。

非常驚人的威力。雖然至今為止，士道親眼目睹過許多場折紙等ＡＳＴ隊員的戰鬥場面——不過士道從沒見過具有如此壓倒性火力的顯現裝置。

「琴里！」

士道不自覺地，呼喚她的名字。因為在折紙的攻擊所擊中的那個位置上，看不見琴里的身影。難道會是被剛剛的那波攻擊震飛了嗎——

像是要趕跑士道的憂慮般，從上空傳來了細微的聲音。

「哼……真是個粗魯的武器吶。」

轉頭看向那個方向。只見毫髮無傷的琴里正從容不迫地飄浮在半空中。

「嗚——」

折紙痛苦地扭曲著臉，轉身面向琴里，再次開口說話。然後，配合折紙的動作，和剛剛一樣的無數飛彈再次朝著琴里發射過來。

而且，這次不僅僅只有如此。

「——指向性隨意領域．展開！固定座標（二二三．四三九．三六）……！」

就在折紙高喊這段詞句的同時，琴里的周圍出現了一道球狀結界。

「嗯——？」

琴里皺起眉頭。不過如果從士道的角度看過去的話，就能看得一清二楚。那道結界與剛剛展開在士道周圍的結界相同，不過其目的卻不是保護琴里。沒錯，那是——

折紙剛剛發射出去的飛彈穿越展開在琴里周圍的結界並且全數射中了琴里。

這一次，士道沒有舉起手遮臉。理由相當簡單。因為大量的飛彈在球狀結界內爆炸之後所引發的衝擊波，完全被密封在結界範圍以內。

不過，單從這一點就能輕易想像結界內部的狀況會有多麼慘烈。被如此大量的飛彈直接轟炸，而且還置身在好幾倍的爆炸衝擊力之中，就算是精靈也難逃一劫。

「哈啊……哈啊……哈啊……！」

可能是過度使用大腦的緣故，折紙的臉上布滿汗珠，搖晃著肩膀大口呼吸。與此同時，在琴里周圍展開的結界消失於空氣之中，蟠踞其中的濃煙飄往上空形成一條長線之後，消失不見。

不過，就在煙霧瞬間消散之際，折紙倏地睜大眼睛。

這也難怪。因為煙霧消散的地方，飄浮著一團鮮紅火焰——

「呼啊！」

伴隨著一聲輕微吐息，身體多處被燻黑的琴里從火焰中現身了。

「真厲害呀。沒見過這種機種吶。是新型號嗎？」

說話的同時，琴里輕輕揮手。於是，與之前的情況相同，火焰纏繞住琴里的全身之後，她的身體、靈裝，全部都恢復成毫髮無傷的狀態了。

不過——就在這個瞬間……

「……！啊——」

琴里的臉突然扭曲變形，接著琴里用左手按住側頭部並且發出痛苦的聲音。

「咕……力量，使用……過度……」

士道的肩膀顫抖了一下。他見過那個徵狀。

那是前天，在高中屋頂所看見的景象。

以及剛剛——在水上樂園所目睹的景象。

全部都是被洶湧而至的破壞衝動侵蝕意識的琴里的身影。

在雙方互相廝殺的緊要關頭，這種情況就變成一個致命的大破綻。

然後，折紙當然不會放過這個好機會。

「〈Cleaveleaf〉——解除・展開！」

就在折紙大叫出聲的同時，光劍的刀刃從本體射出，形成一條光帶之後綁住〈灼爛殲鬼〉與琴里的身體。

「嗚……」

「指向性隨意領域——展開！」

折紙再次高喊這段文字。然後，球狀結界也再次在琴里周圍形成。

不過，折紙這一次並沒有發射出飛彈。她轉過身，將裝備在武器貨櫃兩端的巨型砲口瞄準琴里——

「毀滅吧——魔力砲〈Blaster〉！」

發聲的同時，魔力光的湍流從極近距離被發射出來了。

「————！」

光彩奪目的青白色破壞光線。即使是對於軍火或武器不甚了解的士道，也明白那是擁有駭人威力的毀滅之光。琴里的周圍布滿結界。剛剛命中目標時所引發的影響與衝擊波完全被密封在結界內，僅有些許魔力光從裂縫中洩漏出來。

那些光線在接觸到地面的瞬間，引發驚人的爆炸，在地面形成小型坑洞。

「琴里——！」

士道像是要叫破喉嚨般地大吼出聲。不過，受到正在破壞四周的魔力光的餘波影響，聲音根本無法好好地傳送到琴里的所在位置。

「……！……！」

折紙一臉憔悴地卸下大砲。臉色鐵青，呼吸急促。明明折紙一直處於單方面的猛攻狀態，但是現在看起來卻反而比較像是承受攻勢的那一方。

然後──就在這個瞬間，高高舉起〈灼爛殲鬼〉的琴里出現在折紙背後。

「什──」

折紙的表情因為錯愕而變得扭曲，當她打算拿起光劍準備應戰時，為時已晚。

「──〈灼爛殲鬼〉。」

火焰刀刃蠢蠢欲動，向折紙襲擊而來。

「呀……！」

脫口叫出像是刻意壓低的慘叫聲，折紙的身體連同巨大裝備一起撞向地面。

琴里以冷淡的眼神俯視折紙的模樣，然後用單手輕輕揮動握在右手上的〈灼爛殲鬼〉。火焰刀刃搖曳擺動，漸漸朝折紙逼近。

「咕……防禦性隨意領域──展開！」

折紙緊咬牙齒唸出這段文字。然後，展開在折紙周圍的隨意領域立即縮減面積，變成緊貼在

折紙與顯現裝置上的狀態。

下一瞬間，〈灼爛殲鬼〉的刀刃隨即砍到隨意領域的表面處。

「嗚——啊……！」

折紙的隨意領域似乎勉強擋下這波攻擊，但是折紙的腦袋也因此承受了強烈負荷。痛苦地皺起眉頭並且發出呻吟聲。

不過，琴里並沒有停止攻擊。琴里讓火焰刀刃燃燒得更加旺盛，接著像是用鞭子鞭打折紙般，不斷地、不斷地揮舞手上的戰斧。

「哎呀？剛剛的銳氣跑到哪裡去了？妳想打倒我吧？妳想討伐我吧？妳想殺死我吧？既然如此，那就快點飛起來。再次將刀刃，將槍口對準我吧！如果做不到的話——呵呵，妳就會先被我殺死了唷。」

「……！琴里！」

聽見琴里的話，士道發出近似哀鳴的聲音。

很明顯的，那個人並不是琴里。

被破壞衝動吞噬意識的——不是琴里本人的，琴里。

「琴里，住手呀！如果妳再繼續攻擊下去的話——」

不過，琴里卻不打算停止攻擊。揚起的嘴角形成駭人的笑容，琴里依舊不斷、不斷地用火焰刀刃砍向折紙的隨意領域。

「……嘖，啊……啊——」

接下來，不知在第幾次的斬擊之下，折紙的隨意領域終於被打破了。巨大顯現裝置的貨櫃部分，被〈灼爛殲鬼〉劃下一道淺淺的傷痕。

「……什麼嘛。已經結束了嗎？真是無聊。」

琴里以冷淡的語氣說完。然後，降落在呼吸急促的折紙身邊。接下來……

「〈灼爛殲鬼〉——【砲】！」

巨大戰斧前方的刀刃消失不見，棍棒部分開始變形，最後裝備在琴里的右手臂上。

接著，琴里將手臂上的砲口舉到折紙面前。

「好吧——如果無法繼續戰鬥的話，妳……就沒有存在價值了。」

「琴里！住手！琴里里里！」

像是要叫破喉嚨般地大聲吼叫，士道朝著琴里與折紙的方向跑過去。不過，就在這個時候，琴里舉起的砲口已經將周圍的火焰吸進去了。

這是能輕易貫穿狂三天使的強力一擊。如果在這麼近的距離被攻擊的話，普通人類一定會承受不了——不過，即使痛苦喘息著，折紙還是無所畏懼地以憎恨的眼光瞪視著琴里。

「〈炎魔〉……！」

折紙如此說道。然後，琴里露出不悅的神情。

「……妳居然知道這麼討厭的名字吶。到底是從何處得知的呢？」

不過，折紙依舊以苛刻的語氣，繼續說道：

「妳就是……這樣殺人的嗎？在五年前……殺死我的父親與母親——！」

「呃——」

琴里發出語氣明顯與剛剛不同的聲音。

「哦哦！快看呀，四糸乃！是瀑布耶！」

在環繞水上樂園室內游泳池一圈，緩緩流動的泳池河道中。

乘坐在大船上的十香放聲大叫。然後，坐在隔壁的四糸乃則是興奮地頻頻點頭。

「好……壯觀呀……！」

「好棒呀，真想把那個冷凍起來呢！」

四糸乃左手上的「四糸奈」以開玩笑的語氣一邊笑一邊說道。

事實上，一開始兩人參加的叢林巡航活動早就已經結束了。不過，因為四糸乃表示自己還想再玩，所以才會突然決定坐船再繞行一圈。

原本想去尋找士道的十香禁不起四糸乃的央求，在提出「剛剛只有觀賞到左側的景色，這次我們坐右側吧！」這種足以自豪的好主意之後，再次坐上船。

「好，各位遊客，請往那邊看！」

說完後，站在船頭的工作人員指向聳立在右手邊的火山。

「那就是這座海洋公園中最大規模的火山。平常雖然很安靜……不過今天火山似乎因為各位的來訪而感到很興奮唷！你看，火山即將爆發囉！」

然後，就在工作人員說完話的瞬間，爆炸聲響徹整個泳池，空氣微微震動。

「哦……哦哦！」

十香抓住左右搖晃的船身邊緣，瞪大眼睛。

「好……好厲害唷！坐在左側的時候，感覺似乎沒有那麼強烈呀！」

十香如此說道——不過，不知為何，四糸乃卻刷白了臉。

「四糸乃？」

「不——對。剛剛那是……」

此時，警報聲響徹泳池，擴音器開始播放催促遊客避難的廣播。

「什……什麼……？」

瞬間——十香屏住呼吸。

無法明確說明，卻又相當確定的預感。

有名與十香一樣的存在……就在附近。

「四糸乃——」

十香轉頭看向四糸乃，發現她的臉上浮現與自己相同的表情。

精靈的微弱波動——或者該說是靈力的味道。

再加上，剛剛的爆炸聲響。以及，消失不見的士道。

不祥的預感在十香的內心擴散開來。

「士道……！」

十香說完這句話之後，立即從船上跳進泳池中。

琴里錯愕地開口說道：

「妳說……什麼——」

說話的同時，琴里像是在忍耐頭痛似地用左手按住頭部。

她的聲音、她的臉，與剛剛完全不同。她現在是士道所熟識的那個琴里。

似乎沒有察覺到異樣的折紙繼續說道：

「五年前，距今五年前。居住在天宮市南甲町的雙親，被火焰精靈——被妳親手殺死了。

妳，就在我面前，燒死我的雙親……！忘不了，我絕對忘不了！所以，我要……我要殺死……我要殺了妳！殺死〈炎魔〉！」

伴隨著尖銳的吶喊聲，琴里的身體被吹離原地。

眼前的情況與其說是折紙的力量增強，不如說是琴里的身體突然失去了力量。幾乎讓人想像不到琴里是穿上靈裝的精靈，她嬌小的身體就這樣飛往半空中。

「琴里……！」

即使士道呼喚名字，琴里也沒有任何反應。跌落地面的琴里只是呆呆地瞪大眼睛，牙齒喀答喀答地打顫。

「怎麼……可能……我——」

此時折紙立即再次展開隨意領域，重新調整好姿勢，拿起大型光劍揮向琴里。光刃被射出之後，與剛剛一樣緊緊地束縛住琴里。

「這一次，不會讓妳跑走了——指向性隨意領域．展開！」

在折紙說話的同時，琴里立刻被結界圍住。

那道結界的目的不是守護，而是拘束對方並給予致命一擊的殺意牢籠。剛剛琴里在千鈞一髮之際成功脫逃，但是現在的琴里似乎不打算逃離結界。滿頭大汗的琴里，痛苦地扭動著身體。

「…………！」

士道下意識地跑過去。其實士道沒有足夠的能力，也幫不上忙。不僅如此，士道失去琴里的力量之後，即使身負重傷也無法自動復原了。所以如果士道擋在琴里面前，下場應該也是一起被擊斃吧。

不過，士道無法停下腳步。理由相當單純。因為可愛的妹妹正瀕臨危險。光是這個原因，就足以構成讓自己這個做哥哥的趕往那個危險地帶的理由。

「凝聚隨意領域……〈White Licorice〉、臨界驅動……！」

折紙將巨砲瞄準琴里。但是士道不顧一切地跳進折紙與琴里之間，然後迅速地張開雙手，像是要守護琴里般站得直挺挺的。

「折紙！住手！住手啊！」

「——嘖，士道。請你不要妨礙我。」

「我怎麼能放任不管！」

士道大聲吼叫。然後，折紙咬緊牙齒，投以銳利的視線。

「我曾經對你說過——我是為了幫雙親復仇，所以才活到現在。自從五年前，我離開那條被火焰吞噬的街道之後，我的人生就只有為此而活。那就是我生命的全部意義。殺死〈炎魔〉——殺死五河琴里，那就是我存活至此的唯一理由。」

「…………！」

士道聽見折紙說出這段話之後，某一名少女所說過的台詞，在士道腦海中不斷地盤旋打轉。

（因為我習慣了。）

崇宮真那。自稱，士道的親妹妹。

（打不倒的話就打到妳倒下來為止，死不了的話就殺到妳再也無法復活。我會持續不斷地殺死妳。這就是我的使命，同時也是我生存的理由。）

不斷、不斷地殺死狂三——殺死精靈，心靈幾乎要枯萎到無法復原的少女。回想起她曾經在一瞬間所表現出來的疲憊表情，以及灰暗無神的眼睛，士道不禁吞了一口口水。

為什麼現在會突然想起真那的事情呢……理由很簡單。

因為士道從眼前這名手持巨砲的少女臉上，看見了真那的影子。

「不……行……」

士道喃喃自語地說道。然後，折紙微微皺起眉頭。

「不行……妳……不能動手……！如果妳扣下那個扳機——一定會……無法恢復……！」

只要再發動一次攻擊，折紙，就會變成真那。

心靈枯萎到無法恢復原狀的地步。

士道對於人類那方面感情相當敏感，所以非常明白目前的狀況。折紙現在即將扣下的扳機，將會是最後的關鍵。

「我——不想看到妳變成那個樣子……！」

不過，折紙沒有放下大砲，只是繼續以銳利的視線凝視著士道，以及其背後的琴里。

「……！即使如此，那也無所謂。如果我能親手殺死〈炎魔〉……」

「嗚——」

士道以指甲幾乎要刺進掌心般的力道緊握拳頭。

不過，與此同時，他的腦海中浮現另一條線索。

火焰精靈。〈炎魔〉。折紙說過的，那些稱呼。

「——啊……」

那是近乎狡辯的論點。即使被批評是毫無意義的文字遊戲，士道也無法提出任何反駁。不過，就算微乎其微，但是那也是確實存在的可能性。儘管纖細而虛幻，但是那卻是垂吊在士道面前，唯一的希望之繩。

「折紙……可以問妳一個問題嗎？」

折紙沒有回應。於是士道將對方的沉默當作一種肯定，繼續說道：

「妳鎖定的復仇對象——應該是……〈炎魔〉吧？」

「沒錯。」

「操控火焰、燒盡萬物、從死亡深淵甦醒的……火焰精靈，對吧？」

「沒錯。」

「不是我的妹妹——五河琴里，而是火焰精靈〈炎魔〉！」
「……你在說什麼？」
折紙輕輕皺眉。
「〈炎魔〉與五河琴里是同一個存在。你到底在——」
「快一點回答我！妳的仇人應該是火焰精靈，所以與身為人類的我的妹妹，沒有任何關係吧！」
士道大聲地如此說道。然後，折紙一臉驚訝地沉默了一會兒之後，開口說道：
「——我無法理解你的話。我的仇人確實是火焰精靈，是〈炎魔〉，不是人類。但是，五河琴里是精靈。所以你所提出的條件是無法成立的。」
折紙平靜地如此說道。士道嚥下一口口水。
「離開那裡，士道。」
「不行……我做不到。尤其是聽完妳剛剛所說的話之後……！」
「……什麼意思？」
無法理解士道的話，折紙皺起眉頭。
「拜託妳。只要一下下就好。給我一點時間與琴里說話。如此一來——」
「不可以。現在是殺死〈炎魔〉的最好機會……！如果你不趕緊離開的話——」

折紙重新舉起大砲，打算射出貫穿士道、消滅琴里的一擊……

「嗚——」

士道可以理解折紙的心情，也深知自己所說的話確實不合常理。

因為重要的人被殺害而怨恨對方也是人之常情。

而且還是——怨恨到想親手殺死對方的地步。

如果折紙在此時此刻殺死琴里的話，就像折紙怨恨琴里一樣，士道心裡肯定也會懷抱相同的感情。

即使嘴巴上說出「我原諒妳」這種話，即使外表佯裝得多麼若無其事。內心深處，一定還是會有自己的意識所無法控制的冷酷怨恨沉澱其中吧。

所以，那都只是些華而不實的表面話。

不過——要說自己是偽善者也好，任性妄為也罷，甚至要說自己不合常理也無所謂，士道還是不能保持沉默。

「對雙親被殺害的妳說這些話，或許會被當成是表面話也說不一定。因為如果今天是我的父親、母親或是琴里被殺害的話，我一定也會恨凶手恨得要死。我知道自己說話很矛盾！我也知道自己很任性！但是我……！我無法漠視可愛的妹妹在自己的眼前被殺死，我也無法眼睜睜看著自己的朋友跌進絕望的深淵啊……！」

「…………！」

折紙的臉突然扭曲成看似痛苦的表情。

不過，折紙在瞬間垂下雙眼輕輕搖頭之後，馬上再次看向琴里。

「即使如此……我——！」

就在折紙說話的同時，士道的周圍突然產生一面隱形牆壁。

「這……這是——」

士道皺著眉大叫出聲。與剛剛展開在士道周圍的結界同種類。換言之，那是與展開在琴里周圍的結界相異，在衝擊中守護對方的防禦型結界。

察覺到折紙的意圖，士道以幾乎要叫破喉嚨般的音量大聲吼叫：

「住手！折紙紙紙紙紙紙紙紙——！」

「嗚……啊……啊啊啊啊啊——！」

折紙像是要壓過士道的聲音般大叫出聲，然後將高高舉起的大砲準星瞄準琴里。

不過，就在這個時候……

「——我不會讓妳得逞的！」

空中突然傳來這個聲音——接著折紙手持的兩門巨砲的其中之一，也就是右側的巨砲被人漂亮地砍成兩半。

「……！」

折紙的臉上布滿錯愕的神情。不過，沒多久就看見偷襲者真面目的折紙，氣憤地歪嘴說道：

「夜刀神十香……！」

沒錯。從空中縱身跳下並且切斷砲口的人，正是泳裝上纏繞著散發淡淡光芒的光之禮服，手持大劍的十香。

「十香！」

「嗯，沒事吧？士道、琴里。」

十香降落在士道與折紙之間，一邊以戒備的眼神看著折紙，一邊如此說道。折紙氣憤地讓眼神變得更加銳利，然後展開背在身後的武器貨櫃。明明已經發動如此猛烈的攻擊了，但是武器貨櫃的彈藥似乎還沒用盡。從展開的武器貨櫃可以看見許多發彈頭。

「不要妨礙——」

不過，在折紙將飛彈發射出去之前，突然有道光線從右方射向折紙。

「嗚……」

折紙飛到空中，在千鈞一髮之際躲過那道攻擊。

與此同時，或許是折紙的注意力被分散的緣故，包覆在士道周圍的那道隱形牆壁忽然消失不見了。

此時，折紙才察覺到剛剛射向自己的並不是光線。因為那道攻擊所經過的地面，在一瞬間發出「啪哩、啪哩」的聲音之後就結凍了。

「這是……」

將碰觸到的所有事物全數凍結，密度極高的寒氣團。折紙看過這種力量。

「你們……沒事吧？士道、琴里……」

從攻擊方向的源頭，傳來耳熟的聲音。仔細一看，那裡站著一隻比之前看過的還要小一點的兔子人偶。

光滑身體的表面刻有花紋。下顎擁有冰柱般的牙齒排列其中。然後，人偶的背上趴著一名少女——四糸乃，她身上所穿的泳裝正纏繞著散發隱隱約約光芒的禮服。

「四糸乃！」

「是。」

聽見士道呼喚自己的名字，四糸乃點點頭。

「妳……妳的模樣……還有〈冰結傀儡(Zadkiel)〉……！」

「是……的。令音告訴我們，士道與琴里……有危險，所以我們才會趕來這裡……剛剛一心想要幫助你們兩人，內心一陣騷動……」

像是要接續四糸乃的話，巨大的兔子型天使——〈冰結傀儡〉發出低沉的吼叫聲。

「呀啊~真是好險吶~」

「你是……四糸奈？」

聽見配合〈冰結傀儡〉嘴部動作所發出來的聲音，士道不禁歪了歪頭。然後，〈冰結傀儡〉做出和那雙令人毛骨悚然的雙眼不相符合的動作，「哇哈哈」地放聲大笑。

「哎呀，如果想要感謝我，晚點我會聽你說的~不過，現在——」

瞬間，瞄準十香與四糸乃的數發飛彈從天而降。

「嗚——！」

「呀……！」

兩人發出痛苦的悶哼聲。雖然十香以劍，四糸乃建造出冰壁來擊退砲擊——但是雙方似乎都無法完全化解飛彈所造成的衝擊。

能斬斷一切的十香的〈鏖殺公(Sandalphon)〉、能防禦一切的四糸乃的〈冰結傀儡〉。她們現在恐怕處於只能發揮全部力量的十分之一的狀態。就算她們是精靈，不過要以現在的狀態挑戰折紙，未免也太有勇無謀了。

不過，十香即使痛苦到表情扭曲，卻還是對士道大叫道：

「士道！這裡交給我們，你快點逃！」

「十……十香……四糸乃……」

「好了！快點逃跑呀！」

「我們……撐不了……太久的……」

折紙憤怒地瞪向十香與四糸乃。

「嘖……！別來礙事！我現在沒有空陪妳們玩！」

「──哼！琴里與士道都是我們的恩人。我不會讓妳殺死他們的！」

「……沒錯！」

十香一邊回瞪折紙一邊如此說道，而四糸乃則接續十香的話，並且點了點頭。

折紙輕輕嘆了口氣，然後更加用力地握緊光劍。

「既然如此──妳們也一起消失吧。」

說完後，再次展開背後的武器貨櫃，收納其中的大量飛彈從導彈艙中發射出去。

「……！喝啊！」

十香以劍揮出一擊。斬擊沿著攻擊的延長線往前飛去──朝十香逼近而來的飛彈當場爆炸。

不過，光靠這道斬擊並無法全數打落這些數量龐大的飛彈。十香的斬擊，以及沒有引爆的飛彈繼續往十香逼近而來。

不過，就在此時，天空突然降下猶如淋浴般的水珠。於是飛彈在快要碰觸到十香之前，就被那些水珠凍結了。

「四糸乃！」

「我從……游泳池……借了水……」

像是在回應四糸乃的聲音般，〈冰結傀儡〉的眼睛閃閃發光。

與此同時，十香與四糸乃再次往士道的方向瞄了一眼。無須說話，士道也明白兩人正在對自己說——快點帶琴里逃離這裡！

「嗚——抱歉了……！」

士道咬緊牙齒，抱起呼吸急促的琴里往前奔跑。

現在士道所該做的，並不是駐留在這裡讓十香與四糸乃更加擔心。而是理解她們賭上性命的意志並且帶著琴里遠離這裡——！

「士……道………」

臉色蒼白的琴里，呼喚著士道的名字。

「沒事的——我會想辦法救妳……！」

士道一邊奔跑一邊如此說道。似乎因此感到稍微放心了一點，琴里輕輕地點了點頭。

後方不斷傳來爆炸聲響。十香與四糸乃奮力作戰——不過儘管是二對一的局面，兩人並沒有取回全部的靈力，所以根本不是裝備上那套巨大兵裝的折紙的對手。因此，在最壞的情況下，十香與四糸乃甚至很有可能會喪失性命。

而且，琴里也已經到極限了。再這樣下去——琴里的意識將會被破壞衝動所吞噬，然後像前天那樣失控暴走。

——沒錯。士道不能一味地逃跑。

琴里、折紙、十香、四糸乃。必須在全員平安無事的情況下解決這件事情。否則就沒有任何意義了。

而唯一的解決方法——就握在士道手中。

「好……！」

士道躲到毫無一人的遊樂設施陰影處，將原本抱在懷裡的琴里放到地上。但是這個小動作，卻讓琴里痛到扭動身體。

「琴里，妳沒事吧！」

「呃，嗯嗯……還撐得……下去……」

琴里背靠在遊樂設施，虛弱地如此說道。

果然不能再拖下去了。士道往不斷響起爆炸聲的廣場方向看了一眼之後，開口：

「琴里。」

士道把手搭在琴里的肩上，以幾乎可以感受到對方吐息的距離，目不轉睛地看著她的眼睛。

「是……是的！」

琴里露出緊張神色，以平時不會說出口的回應方式做出回應。

士道嚥下一口口水。全身因為緊張而不斷冒汗，但是相反的，喉嚨則是漸漸乾涸。

只有士道能做到的，解救琴里的唯一方法。現在——士道即將實行這個方法。

「嗚啊……！」

就在背後傳來十香痛苦的悶哼聲之際，折紙裝備在身上的顯現裝置的驅動聲變得更加大聲。

「找到了……！」

接下來，折紙就這樣以驚人的速度直逼而來。

「——！嗚——」

士道屏住呼吸，打算將臉湊近琴里的嘴唇。

不過，就在此時，士道察覺到一個不容漠視的問題。

沒錯……那就是「好感度」。

由於在半途中丟棄耳麥的緣故，所以現在的士道無法透過其他管道得知琴里的好感度數值。

如果在今天的約會中，琴里對士道的好感度沒有提升的話——一切的努力終將成為泡影。

如果無法封印琴里的力量，那麼她的意識就會被精靈的力量侵蝕殆盡。

士道將會永遠失去……自己可愛的妹妹。

士道咬緊牙齒搖了搖頭——絕對不允許這種事情發生。

所以，士道在接近琴里之前開口說道：

「琴里！」

突然聽見士道大聲叫喊自己的名字，琴里露出目瞪口呆的表情。

不過，士道不理會她的反應並且繼續開口說話。說出極其拙劣但卻是發自內心的真心話。

「琴里、琴里。妳是我最可愛的妹妹。是這個世界最令我引以為傲的妹妹！我最最最最最……最喜歡妳了！我愛妳！」

「咦……咦咦——！」

琴里的臉染成紅通通一片。士道也和琴里一樣漲紅了臉，並且繼續說道：

「琴里……！妳……喜歡我嗎？」

「你……你怎麼這樣問——」

然後，就在這個瞬間，從後方飛射過來的鐵塊擊中士道兩人所躲藏的遊樂設施，激散出劇烈火花。而且小型飛彈緊接在後，瞄準琴里直撲而來。

「琴里！」

「啊，啊啊……真是的！」

琴里像是陷入混亂般地眼神左顧右盼，最後大叫出聲：

「喜歡！我也很喜歡唷！我最喜歡哥哥了！在這個世界上，我最愛哥哥了！」

「……！」

聽見這句話之後——士道下定決心，讓自己的嘴唇碰觸琴里的嘴唇。

近似暈眩的感覺襲向士道的腦袋。親吻跟自己共同生活多年的妹妹所產生的悖德感盈滿五臟六腑，最後化成難以言喻的恍惚感從鼻間呼出。

接下來，士道感覺到一股暖流通過嘴唇流入體內。

那是在與十香和四糸乃約會時便已經體驗過的，將精靈力量封印於自己體內的感覺。

不過，就在這個時候——

「…………？」

透過前幾天兩人之間所形成的線路，琴里在取回靈力之際所引發的現象，現在再次發生了。

模糊的記憶流進腦袋中，士道輕輕皺了一下眉頭。

——那一天，琴里獨自一人在自家對面的小公園遊玩。

不，或許不該說是……在公園「遊玩」。因為琴里只是一臉無趣地撇著嘴，坐在鞦韆上不斷搖晃而已。

今天是琴里的九歲生日，但是爸爸與媽媽卻因為要工作而不在家。不僅如此，連最親愛的哥哥也不知跑到何處去了。

（嗚……嗚……）

淚水奪眶而出，琴里用衣袖擦拭眼睛。

琴里經常動不動就哭泣，是個不折不扣的愛哭鬼。今天早上才被哥哥糾正過這個壞習慣。或許因為這件事情，哥哥已經討厭自己了也說不一定。不，應該是因為哥哥已經對自己感到厭倦，所以才會在今天出門……

這些想法在腦海中每打轉一次，眼淚便撲簌簌直流下來。琴里拚命擦拭著眼角。

不可以這樣。如果不變得堅強一點，就會被哥哥討厭呀。

但是這個念頭卻造成了反效果。當琴里想起這件事情時，眼淚依舊不斷地奪眶而出。

（嗚……嗚……）

然後，就在此時……

【——喂，妳在哭什麼呢？】

從琴里的頭頂上方，傳來這樣的聲音。

（咦……？）

她抬起頭來。眼前站著一位難以形容的人物。

明明知道對方就站在自己面前，但是卻無法清楚看見對方的身影。

儘管聽得見對方的話，卻聽不出對方聲音的音色。

琴里只知道——「那個」正站在自己眼前。

她的肩膀顫抖了一下。平時就被教導要小心陌生人找自己攀談，更何況對方是個來路不明的人，所以琴里會抱持警戒心也是理所當然。

（我……我沒事。我……我要回家了。）

琴里說完這句話之後，擦擦眼睛，離開鞦韆，往自家的方向走過去。不過……

【哼，妳的爸爸、媽媽、哥哥都不在家呀。今天明明是妳的生日耶！真是寂寞呀。】

聽見這句話，琴里下意識地停下腳步。

（為……為什麼……你會知道……）

琴里出聲詢問，但是「那個」並沒有回答這個問題，而是平靜地繼續說道：

【——如果妳變得比現在更強的話，妳的哥哥應該就會認同妳了吧。】

（……妳的意思……是……）

【喂，妳想不想變得更強呢？妳想不想得到能讓哥哥不再為妳操心的力量呢？】

（…………）

琴里陷入短暫的沉默之後，感覺到「那個」似乎輕輕笑了出來。

接下來，「那個」對琴里伸出手。

在對方的手心上，出現一個小小的紅色寶石。那是散發出隱隱約約光芒的奇特物品。

（好漂亮……）

聽見這句話，「那個」再次露出微笑，然後繼續說道：

【只要摸一下這個東西，妳就可以變強了。如此一來，妳就能變得比其他人更強。妳的哥哥一定也會喜歡變強的妳唷。】

琴里嚥下一口口水。

（哥哥……真的會……變得更加喜歡我嗎？）

【啊啊，那是當然的。】

「那個」如此說道。不斷誘惑、不斷誘惑……

琴里緩緩伸出手碰觸那顆寶石——摸，到，了。

（……！）

就在紅色寶石融入手心的瞬間，琴里發現自己全身發燙，簡直就像是被火燃燒似的。與此同時，琴里的衣服從下半部開始燃燒起來——最後變化成款式奇特的和服裝扮。

（……！啊，啊啊……！）

高溫襲向全身，琴里痛到表情扭曲。不過——情況還不只如此。

琴里的四周開始產生鮮紅的火焰——

（啊……啊啊啊啊啊啊啊——！）

就在琴里大叫出聲之際，火焰開始往四周燃燒。

往公園、位於對面的自家住宅、隔壁公寓，以及隔壁店家蔓延而去。

幾乎要將琴里所居住的街道全部吞噬——冷酷無情、火勢猛烈的火焰肆虐橫行。

然後，就在這個瞬間，一道閃光從空中射向地面，原本還待在琴里面前的「那個」突然消失不見了。

不過，現在的琴里並沒有餘裕去留意那件事情。

像是被綁在柱子上，活生生被處以火刑般的強烈痛楚在全身亂竄。此時，原本蟠踞在琴里周圍的火焰，突然像火焰發射器般往四面八方飛散出去。

（咦……這……這是——怎麼回事……）

侵襲全身的痛楚終於漸漸減緩，等到琴里終於可以看清四周景色的時候——映入眼簾的景色卻已經完全改變了。

（啊……啊……啊……）

琴里最喜歡的家、最喜歡的公園、最喜歡的街道，正在燃燒著。

很明顯的，那是自己親手所造成。纏繞在琴里身上的火焰之帶，將視野內的物品全數燒毀。

（住……手……住手……！）

即使苦苦哀求，火勢仍然沒有衰減。不僅如此，火焰還無視琴里的意思，漸漸擴大自身的體積。琴里的表情扭曲，大顆淚珠從眼睛流下來。

（哥……哥……！哥哥……………！）

（琴里！）

——然後……

一陣熟悉的聲音傳進琴里耳裡。

那是琴里現在最想要聽見的聲音——最喜愛的哥哥的，聲音。

轉過頭去，在被火焰吞噬之後化為平地的地方，琴里看見了士道的身影。

將手中的東西丟棄在原地，一邊呼喚琴里的名字一邊往這裡跑過來。

（嗚，啊……啊……哥……哥哥……！哥哥、哥哥……！）

在用雙手擦拭哭得亂七八糟的臉龐的同時，呼喚士道的名字。

不過，就在士道打算接近琴里身邊的瞬間，纏繞在琴里身上的火焰突然急速膨脹。

（……！）

琴里的身體僵直在原地。這樣——不行。再這樣下去的話——

（哥哥！不要過來——！）

（咦？）

士道發出錯愕的聲音。

不過，此時士道的身體已經被琴里的火焰吹飛出去了。

（哥哥……！）

琴里努力挪動疼痛的雙腳跑到士道身邊。

士道以仰躺的姿勢倒在地上，模樣看起來非常悽慘。從肩膀到腹部的位置，有個像是被削去一塊肉般的大片傷痕，傷口周圍則被燒得面目全非。即使是琴里這個外行人也看得出士道的傷勢已經沒救了。

（哥哥……哥哥……！哥哥……！）

即使不斷呼喚，也得不到任何回應。最後，士道闔上原本隱約張開的眼瞼——

【——喂，妳想救他嗎？】

就在這個瞬間，剛剛聽過的聲音再次從琴里頭上傳進耳裡。

（……！）

迅速地抬起頭來，果然看見方才見過的「那個」正站立在自己面前。

（你……是——）

琴里顫抖著身體抬頭仰望「那個」。

（你……你對我的身體……做了什麼？我……不要，這種力量……我不要！）

琴里說完這句話之後，「那個」靜靜說道：

【是嗎。不過如此一來，他將會就此死去哦！這樣也無所謂嗎？】

（…………！）

咿！喉嚨像是痙攣般暫停呼吸，琴里將視線轉回到士道身上。

（你有方法……可以救哥哥？）

【是的。】

接下來，「那個」靜靜地開始敘述那個「方法」。在這個場面中顯得格外愚蠢的，方法。不過琴里已經沒有其他選擇了。

琴里明白這名「那個」根本不值得信任。不過，琴里也清楚如果放任不管的話，士道將會喪失性命的事實。

琴里輕輕做了一個深呼吸，然後實行「那個」告訴自己的那個「方法」。

緩緩將臉靠近士道——接著把自己的嘴唇，貼上士道的嘴唇。於是……

（————！）

纏繞在琴里身上的白色和服在瞬間發出淡淡光芒，漸漸消失於空氣之中。

與此同時，火焰開始纏繞士道的身體。

不過，那些火焰並沒有燒傷士道的身體。

火焰經過身體之後，悽慘的傷痕便消失得無影無蹤。

（哥……哥……！）

然後，過沒多久……

（啊──……）

士道慢慢睜開眼睛。

（哥……哥……哥哥、哥哥……！）

不理會自己處於半裸狀態的琴里，緊緊抱住士道。

（……琴里。妳又……哭了……嗎……）

（因為……因為……）

琴里一邊說話，一邊抽噎。

於是，士道露出一個困擾的苦笑之後，緩緩起身。

（──啊啊，對了……）

士道拖著搖搖晃晃的身體，爬到方才的所在位置。

接下來，士道撿起自己跑到琴里身邊之前所丟棄的包包，然後再次回到琴里身邊。

士道打開包包，從裡面取出一個包裝得非常漂亮的小紙袋。

（生日……快樂，琴里。）

（咦──）

琴里露出目瞪口呆的表情。因為琴里早就已經忘了這件事情——而且最重要的是，琴里一直認為士道根本完全不在意自己的生日。

看見琴里的反應，士道再次露出苦笑，並且將禮物遞給琴里。

琴里呆呆地看了士道與紙袋一眼，打開紙袋——然後從裡面取出與琴里的喜好相比，稍微成熟一點的黑色緞帶。

（緞帶——）

（沒錯。）士道點了點頭，然後拿起緞帶將琴里的頭髮綁成雙馬尾。

由於不習慣幫別人綁頭髮，再加上士道才剛剛在鬼門關前走了一趟，所以琴里的髮型被綁得亂七八糟。

不過，就在此時，琴里才終於露出一個儘管虛弱，卻是發自內心的微笑。

看見這個笑容，士道也跟著微笑起來。

（嗯……我果然比較喜歡有笑容的琴里吶。）

（真的嗎……？）

（沒錯——所以，妳能跟哥哥做個約定嗎？一開始……只要在戴上緞帶的期間內就可以了。只要戴上緞帶，琴里就會是個……堅強的小孩。）

（堅強的……小孩？）

琴里撫摸著被綁成雙馬尾的頭髮，同時低聲呢喃。
士道用力點了點頭。琴里用手擦拭眼睛，然後紅著鼻子露出一個比剛剛更加燦爛的笑容。
（……嗯，我知道了！既然……哥哥都這麼說了，那麼我會變成一個堅強的小孩。）
就連那名「那個」所給予的寶石，都無法讓琴里變強。
不過——如果是士道贈送的緞帶，琴里覺得，自己似乎就能變得更堅強。
（很好……真是個好孩子。那麼，我們趕快離開這裡——）
然後，就在士道牽起琴里的手，打算站起來的時候……
【——傷都痊癒了嗎？真是太好了。】
「那個」第三次現身在琴里面前。
（什……）
士道讓琴里躲到自己身後。看見這一幕，「那個」輕輕笑了起來。
【放心吧。我不會傷害你們的——我反而該感謝你們為我留下了最好的成果。】
（你說……什麼？）
不過，「那個」並沒有回答琴里的問題，只是緩緩地，朝著兩人的頭部伸出手。
（……！）
一股出自本能的恐懼感油然而生。即使拉住士道的身體想要立即逃離現場——但是身體卻像被牽制住般動彈不得。

「那個」的手緩緩靠近了。

【——不過，你們還不需要知道我的事情。暫時，忘了這件事吧。】

接下來，在「那個」的手觸摸到琴里額頭的瞬間——世界，就此轉暗。

「剛剛——那是……」

用手扶住額頭，士道表情扭曲。

在和琴里親吻的瞬間，與精靈力量一起流入腦中的「記憶」。

不——正確來說，剛剛所見的與前幾天的夢境並不相同。

那不是士道的記憶。而是從琴里的角度所看見的，五年前的記憶。經由線路成為與士道共有的回憶。

「想起……來了。那個時候——我被『那個』——」

尚未回過神來的琴里，呆呆地如此說道。就在這個瞬間，原本包覆著琴里身體的羽衣與腰帶化為光粒消失於風中，琴里白皙的肌膚因此裸露在外。就在同時，琴里昏了過去。

「——」

靈裝是精靈力量的結晶體。所以一旦失去靈力，靈裝會瓦解也是理所當然的。在封印十香與四糸乃力量的時候也發生了相同的狀況，所以士道早就已經有心理準備。但是，在這一瞬間，士道還是驚訝到說不出話來。

靈裝在消失不見之際，散發出了淡淡的光芒。而被那些光芒包覆的琴里的裸體，美麗得令人窒息。

不過，這個念頭立刻就被士道拋在腦後。

因為有枚瞄準琴里的小型飛彈朝這裡直撲而來。

「嗚……！」

士道抱起琴里的身體，急急忙忙地逃離原地。

「…………！」

瞬間，飛彈打中琴里原本所在位置所引發的驚人衝擊力，朝士道襲擊而來。

宛如灼傷般的痛楚在背上蔓延開來，士道就這樣直接倒在地上。琴里看起來似乎毫髮無傷，但是士道的背部卻變成一片慘狀，讓人不忍直視。

「啊——」

「……！士道……！」

呼喚士道名字的人，是折紙。隔沒多久，折紙便降落在士道身旁。

「為什麼——嗚，雖然沒有醫療專用的顯現裝置，不過得想辦法做緊急處理……」

話才說到一半，折紙便驚訝得瞪大了眼睛。
這也難怪。因為士道的身體被火焰圍繞，而且身上的傷口開始自動痊癒了。
「唔……啊……」
士道將手伸到背後，確認背部肌膚完好無缺之後，緩緩起身。
接下來，士道看向因為過度驚訝而表情扭曲的折紙。
「什……剛剛那是——」
「——沒錯。折紙。妳剛剛說過了吧？自己的仇人是火焰精靈〈炎魔〉，而不是身為人類的五河琴里。」
說話的同時，士道當場站起來。
「現在，妳即使殺了琴里也沒有任何意義了。琴里是……我的妹妹……是人類……！妳想殺的應該是〈炎魔〉吧？那麼——將目標放在我身上吧！現在，我才是〈炎魔〉！」
「什……麼……這……到底是……怎麼回事……」
折紙相當驚慌失措地如此說道。
不過，折紙會有這種反應也是正常的。因為精靈的力量突然轉移到士道身上了。
「不過——」
然後，士道繼續說話。剛剛才想起的記憶。隱藏其中的真實。

「在那之前，妳能先聽聽我想說的話嗎？我終於，回想起五年前的事情了。回想起那個時候我正在做什麼，想起那個時候琴里正在做什麼……！」

「……！五年前……〈炎魔〉——將我的雙親給——」

士道平靜地搖了搖頭。

「從獲得精靈力量，到後來力量被封印的這段期間，琴里身邊除了我之外，沒有其他任何人在場！〈炎魔〉的力量確實是引發火災的原因。但是，讓街道起火燃燒這件事情，並非琴里的本意……！更何況，琴里根本沒有對任何人痛下殺手呀……！」

「你……說……什麼……」

聽完士道的話，折紙呆呆地如此說道。

「不……不可能！我明明看見精靈的身影——」

「沒錯……我相信妳確實看見了。但是，那真的是琴里嗎……？」

士道說完這句話之後，折紙用力皺起眉頭。

「……那……那麼，那個身影究竟是誰？那一天，殺死我雙親的人——」

「他確實在那裡唷……！就在那個地方！那個讓琴里遭遇這種事情的精靈……！」

「什……」

沒錯——在士道的記憶中，現場還有另一位擁有非人姿態的人物存在。

聽完士道對於這名精靈的說明之後，折紙更顯訝異地緊咬嘴唇。

「你要我……相信你的這套說法？」

「……沒錯。」

士道點點頭。士道能說的事情都已經全部說完了。接下來——就只能等待折紙相信自己的說法了。

不過，折紙卻再次舉起原本垂在下方的光劍，筆直地瞄準士道兩人。

「……我很想相信你。但是，我——怎麼可能相信這種事呢？關於你所提到的那個精靈的存在，不管怎麼想都比較像是你為了保護五河琴里所編織出來的謊言呀……！」

但是，就算是士道，也不能在此時退縮。於是士道再次跪到地上，低下頭：

「——拜託妳。請妳相信我。如果妳怎樣也無法相信我的話，那麼就請妳殺了已經化身為〈炎魔〉的我吧。這件事情跟琴里沒有關係。那傢伙現在只是個單純的人類而已……！」

「這種……事情——」

「折紙。妳曾經對我說過——不希望有人再次經歷到與自己相同的痛苦回憶，因為這個原因，所以妳才會加入AST。」

「……那……那是……！」

士道抬起頭來，凝視折紙的眼睛。

就在這一瞬間——折紙臉上突然浮現痛苦的扭曲表情，光刃開始出現雜訊，原本揹在背上的武器貨櫃與砲口也像是恢復重力般地墜落在地面上。

展開在她身邊的隨意領域似乎消失不見了。折紙再次痛苦地跪倒在地。

「嗚……活動……極限？怎麼會這樣？居然在這個時候——」

「折紙——」

不過，折紙卻打算從左腳的槍套拔出九公厘口徑的手槍。那並不是對精靈裝備。只是普通的槍。即使如此，卻也是足以讓現在的琴里一槍斃命的武器。

「拜託妳……！不要從我的身邊奪走琴里。那傢伙，救了我一命。如果沒有她，就不會有現在的我。拜託妳……！就當作是我最後的請求！請妳——相信我……！」

「…………」

過了幾秒，折紙露出猶豫不決的表情之後——虛弱地昏倒在地。

# 終章 黃昏的邂逅

現在是夕陽落入高樓大廈之間的時刻。

坐在大廈樓頂的邊緣，時崎狂三懶洋洋地回過頭。

她的背後，有幾名人類昏倒在地上。不——應該說，這棟大廈的所有人類都處於喪失意識的狀態之中。

〈食時之城〉。從踩踏到狂三影子的人類那裡吸取時間，狂三擁有的廣範圍結界。

狂三左眼的時鐘，往逆時鐘的方向不停轉動。

彷彿在填補前幾天超乎意料之外耗費過多的「時間」般。

狂三輕輕呼出一口氣，然後，覆蓋大樓的影子便慢慢回到腳邊的位置。

其實，將時間全部吸光直到對方奄奄一息才是最有效率的做法。但是如果突然一次死了那麼多人的話，肯定會引起一場大騷動。對於尚未完全補充完「時間」的狂三而言，現在必須盡量避免讓ＡＳＴ與那名紅色精靈發現自己的行蹤。

「……呼。還不夠吶……」

她輕輕伸了一個懶腰，伸出左手並且輕啟雙唇。

「〈刻刻帝〉。」

於是，從狂三的影子浮現一個巨大時鐘。原本毀損的「Ⅰ」、「Ⅱ」、「Ⅲ」數字也已經恢復原狀。不過，位於最下方位置的「Ⅵ」數字，不知為何失去了顏色，變得一片蒼白。

狂三舉起單手，取下時鐘的時針——舊式手槍。

接下來，輕啟性感的雙唇：

「——【八之彈(Het)】。」

在狂三發出聲音的同時，左眼的時鐘以驚人的速度往順時鐘的方向轉動，從「Ⅷ」數字滲出來的影子被吸進手槍的槍口之中。

接下來，狂三以緩慢的動作將填裝好影子的手槍槍口對準自己的太陽穴，然後毫不猶豫地扣下扳機。

瞬間，在一股讓頭部產生劇烈搖晃的衝擊力穿過腦部之後，狂三的身體一分為二。

不，嚴格來說，「一分為二」這個說法似乎有點不正確。「從狂三的體內，孕育出另一名狂三……」這個說法應該比較恰當吧。

〈刻刻帝〉【八之彈】。那是一種將填裝好的子彈射向自己，就能分割「現在的自己」，並且創造出分身的【子彈】。

分身的活動極限，與產生【八之彈】時所消耗的「時間」成正比。

也就是說，為了製造出能長時間活動的分身，就必須消耗大量的狂三的「時間」。

「唉，真是個消耗能量的壞孩子呀。」

她一邊低聲抱怨，一邊將另一發【八之彈】打進太陽穴之中。於是，從狂三身體再次孕育而出的另一名狂三，立刻被吸進蟠踞在屋頂上的影子裡。

幾天前，在來禪高中屋頂被崇宮真那與火焰精靈消滅的分身數量大約有五百人。

現在狂三的影子中已經保存了幾名分身——不過現在仍然必須繼續補充大量時間，做好戰鬥的準備才行。

「下一次……我絕對要吃了你唷，士道。」

她將嘴唇彎成上弦月的形狀，嘻嘻笑出聲。然後——

「……？」

狂三突然把頭轉向後方。明明是空無一人——至少是沒有任何擁有清醒意識的人類存在其中的屋頂上，狂三卻察覺到另一人的氣息。

不過，狂三馬上就識破對方的真實身分。從鼻間哼了一聲，然後聳了聳肩。

「啊啊、啊啊，是你呀。」

狂三挑著眉，半眯起眼睛。她面前正站立著一個熟悉的人影。

不過，「識破對方的真實身分」……這個說法其實有點不恰當。因為「那個東西」的外觀影像相當模糊，讓人幾乎無法看清其真面目。

【——對他還滿意嗎？】

令人分不清楚是男是女、是高是低的奇特聲音響起。

那是一種相當不可思議的感覺。明明聽得懂他說話的內容，但是卻完全聽不出他聲音的任何特徵。

不過，由於自己並非第一次聽到他的聲音，所以狂三相當鎮定地點了點頭。

「是的，他真的很棒唷。要不是我親眼目睹，否則真的很難相信世界上真的存在著這樣子的人呀。」

沒錯。一個月前，當這位「那個」初次出現在狂三面前，並且將這件事情告訴狂三的時候，狂三還抱持著半信半疑的態度。

——這個世界上怎麼可能有人能把三位精靈的力量儲存於自己的身體之中？

不過，如果真的有這種人存在的話……那就意味著狂三能朝著自己的目標跨進一大步。抱持著姑且一試的態度接近對方之後，狂三著實嚇了一大跳。因為狂三的敏銳嗅覺確實從士道身上聞到了高濃度的靈力味道。

【不過……妳放棄他了嗎？】

「呵呵，怎麼可能。」

聽見「那個」的話，狂三哼了一聲。

「——只不過，現在最重要的是先儲存足夠的『時間』呀。以我現在的狀態，根本無法殺死那名火焰精靈……不過，我可沒有放棄唷！」

用【八之彈】射穿頭部的同時，狂三繼續說道：

「為了使出〈刻刻帝〉的最後之彈——【十二之彈（Yud Bet）】，所以我需要士道的力量。我絕對、絕對要吃了他。我絕對、絕對不會放棄。」

沒錯。為了那個原本以為永遠無法實現的願望。

從誕生在這個世界開始就一直牽掛在心的悲願。

而自己好不容易才找到實現願望的方法。

〈刻刻帝〉的錶面上，每個刻有數字的地方都各自填裝了擁有靈力的【子彈】。

雖然每一發【子彈】皆需要消耗狂三的「時間」才能夠呈現出它的力量——不過，只有【十一之彈（Yud Aleph）】與【十二之彈】的性質有些微的不同。

這兩發【子彈】都需要耗費相當於一名精靈性命的力量來作為代價。

如果擊出【子彈】，狂三很有可能就會當場身亡。

即使僥倖存活下來，屆時剩餘的力量應該也無法達成目的。

不過，只要有士道，只要「吃了」士道，狂三就能在擁有充足力量的狀態之下，擊出【十二之彈】。

〈刻刻帝〉的【十二之彈】，其能力是——

【——回溯過去的子彈。妳擊出這發子彈之後，到底打算做什麼呢？】

「…………」

聽見「那個」像是看穿狂三心思般的發言，狂三皺起眉頭，露出銳利眼神。

「你為什麼知道這件事呢？我從沒讓別人看過、也沒有跟別人提過這件事。」

【這個嘛……妳覺得是為什麼呢？】

「那個」以戲謔的語氣如此說道。於是，狂三從鼻間哼了一聲。

沒錯。【十二之彈】的能力便是回溯時間。能將擊中的對象送往過去世界的子彈。

狂三舉起握在左手中的手槍，同時緩緩開口說話。

狂三知道如果讓身分不明的「那個」得知這項情報的話，自己根本得不到半點好處。不過，嘴唇卻自然而然地動起來。或許是因為狂三其實很想將這個無法告知他人的願望，向別人傾訴的緣故吧。

「——【十二之彈】，可以讓我回到三十年前。」

【三十年前……？為什麼要回到那段時間去呢？】

「那個」如此問道。狂三用手扣緊手槍的扳機，同時繼續說道：

「三十年前，初次現身在這個世界的精靈。成為全數精靈根源的『最初的精靈』——我想要親手殺死那名精靈。」

【…………】

「那個」陷入一片沉默。狂三沒有理會「那個」的反應並且繼續說道：

「我要將精靈出現在這個世界上的事實抹滅。我要讓現在存在於這個世界的全部精靈消失不見——那就是，我的悲願。」

經過短暫的沉默，「那個」開口說道：

【是嗎——出乎意料之外的，妳真是個溫柔的人吶。】

「……！」

狂三不悅地皺起眉頭，然後將握在手中的手槍瞄準「那個」，扣下扳機。

但是，從槍口發射出去的子彈在擊中「那個」之前，「那個」的身體就已經消失於黑暗中。

◇

「令音，琴里的情況如何？」

從醫務室返回艦橋的令音一聽見這句話，便輕輕點了點頭。

「……啊啊，不用擔心唷。她應該很快就會清醒過來了。」

「是嗎……」

士道安心地嘆了一口氣。在那之後，琴里便被接送到〈佛拉克西納斯〉。現在看起來，身體狀況似乎沒有異常。

「還有，折紙……會有什麼下場呢？」

士道難過地低聲說道。結果，在那之後，其他名ＡＳＴ隊員立刻飛到現場，將折紙綁起來之後帶回基地了。

「……嗯，哎呀，她畢竟做了那種事情，雖然不至於取她性命……不過她應該會面臨被強迫退役，再也不能碰觸顯現裝置的處置吧。」

「……！」

士道不自覺地屏住呼吸。不過，這也難怪。即使她有不得已的苦衷，但是折紙將還是不該將最高機密暴露在眾人面前，還讓市民陷於危險之中。就算ＡＳＴ的最大目標是打倒精靈，這依舊是無法被原諒的做法。

哎，不過現在思考這件事情也是無濟於事。總之，現在只能靜待折紙的處分公布了。

士道嘆了一口氣，轉身面對令音。

「那麼……我差不多該回去了。十香與四糸乃應該肚子餓了。」

說完後，用食指指向地板——也就是位於士道指示方向另一頭的五河家。

沒錯。在那個時候幫助士道與琴里的十香與四糸乃，其靈力藉由線路再次被封印在士道體內。然後，兩人在〈佛拉克西納斯〉做完簡單的檢查之後便在五河家待命。

既然確認琴里已經平安無事，而且現在也差不多該吃晚餐了，所以士道認為應該要暫時回家一趟比較好。

「……嗯，說得也是吶。她們似乎也很擔心琴里，你就去安撫一下她們吧。」

令音也深表贊同，緩緩地點了點頭。

「好的。那麼，琴里就拜託妳了。」

「……好，交給我吧——啊，對了，小士。」

然後，就在士道打算離開艦橋的時候，令音突然從背後叫住士道。然後，令音就這樣直接深深低下頭來。

「……抱歉。」

「咦……？」

一時無法理解發生在眼前的突發狀況，士道發出一陣錯愕的聲音。

「什……妳……妳怎麼了？令音？怎麼突然……？」

「……今天會發生這一起事件，全都要怪我判斷錯誤。都是因為我顧慮太多，才讓你們陷於危險之中……真的很抱歉。」

「不，怎麼會……」

令音突如其來的道歉，讓士道感到有點不知所措。士道渾身不自在地扭動身體。令音所謂的「判斷錯誤」究竟是什麼意思——

然後，思考到這裡時，「啊！」士道突然發出一陣短促的叫聲。

「難道妳指的是讓十香與四糸乃跟我們一起去約會的那件事嗎？哎呀……一開始時確實會因此感到緊張，不過我們最後還是託她們兩人的福才得以脫困……」

士道一邊苦笑一邊如此說道。然後，令音突然抬起臉來搖了搖頭。

「……那確實也是其中一個因素。但是，我所犯下的致命性錯誤，是更早以前的事情。」

「咦？」

聽見這個預料之外的答案，士道瞪大了眼睛。

「那麼，妳到底犯了什麼錯呢？」

士道一臉驚訝地如此詢問。然後，令音踏著緩慢的步伐走回自己的位置坐下來，接著以熟練的手勢開始操控手邊的控制台。

「……其實，今天原本就不應該進行這場約會的。只要在前天——在小士清醒過來之後就與琴里接吻，就能安全封印琴里的力量了……但是，因為琴里非常期待今天的約會，所以我才無法將真相說出口……真的，很抱歉。」

「啊……？不……不對，那怎麼可能呢？如果不先提昇好感度的話——」

沒錯。士道記得令音與琴里曾經說過：「如果要藉由接吻來封印精靈的力量，必須先取得一定程度以上的好感度才行。」

就在此時，螢幕上突然開始播放一幕奇怪的畫面。士道見過這個畫面。如果沒記錯的話，那應該是用來表現隨著每段時間經過而感生變化的好感度曲線圖。

不過，眼前的畫面卻看不見描繪在上頭，表示好感度的線條。

不對。此時士道才察覺到自己的誤解。畫面中，其實畫有線條。

——那是沿著畫面最上方框架，不斷延長的一條筆直線條。

「這是……」

「……這條線代表琴里對你的好感度變化呀。」

說完後，令音改變椅子的方向轉身面對士道，並且指著螢幕。

「……從開始監控琴里到現在已經兩天了。這段期間內，好感度數值幾乎沒有產生任何變化。也就是說從一開始數值就處於最佳狀態……完全沒有改變……」

「咦？如此一來……也就是說……」

令音點點頭。

「……她最後不是說了嗎？琴里，最喜歡哥哥了呀。」

「咦……」

士道的臉上浮現目瞪口呆的表情——

「嗚……嗚哇啊啊啊啊啊啊啊啊啊啊啊啊啊啊啊啊啊啊啊啊啊啊啊啊啊啊啊！」

就在這個時候，突然有人從背後踹了自己一腳，士道摔向前方，整個臉龐因此而深陷在令音的胸部中。

「……嗯？」

令音看往下方，一臉疑惑地如此說道。士道慌慌張張地恢復原有的姿勢。

「打……打擾妳了，真是抱歉……！」

「……嗯，歡迎下次再來。」

士道低下頭，然後往後方轉過頭去。於是，他看見在病人服外頭披上軍裝外套的琴里，正漲紅著臉佇立在眼前。

「琴里！妳醒來——」

「不要在意那種小事，給我忘記剛剛的事情！那一定是數值出錯了！」

「……不可能。我的設備並沒有任何問題。」

「給妳十個『La Pucelle』的限量牛奶泡芙！」

「……抱歉，小士。應該是測量儀器發生故障了。」

琴里大聲說完那句話之後，令音便在瞬間看向士道並且推翻前言。

「……啊，是這樣嗎？」

相當正大光明的收買行為。士道搔了搔臉頰，轉身面對琴里。

「對了，妳身體沒事吧？最好再去休息一下……」

「哼，我才沒有那種時間呢。必須馬上製作資料才行……」

「製作資料……那種事情明天再做不就好了嗎？今天就好好休息吧。」

「那可不行。」

琴里露出銳利眼神，然後從外套的裡層口袋中取出加倍佳放進口中。接下來，琴里豎起糖果棒並且繼續說道：

「因為我——終於想起來了。五年前，給予我精靈力量的那個存在。由於無法排除明天清醒時記憶再次被消除的可能性，所以我必須趕緊將這件事情記錄在我與士道頭腦以外的地方。」

「……是嗎？」

士道皺起眉頭，微微握緊拳頭。

五年前出現在琴里與士道面前的神祕精靈——然後，那恐怕也是殺死折紙雙親的精靈。

即使想起那名精靈的存在，但是對方的真實身分卻依舊被迷霧籠罩。

「不要太勉強自己哦，琴里。」

「我會妥善處理的。」

琴里揮了揮手走向艦長席，接著從艦長席的控制台取出小型儲存裝置之後，往原先走進來的那扇門走過去。然後——半途中，琴里停下腳步。

接下來，稍微轉過頭，呈現出從士道位置剛好無法看清琴里表情的角度之後，輕聲說道：

「喂，士道……你在封印我的靈力之前所說的話……是真的嗎？」

「封印之前？妳的意思是……？」

士道努力搜尋記憶之後，說了一句「啊啊！」然後拍了拍手。這麼說來，在封印靈力之前，士道對琴里說了這麼一句話——「我最喜歡妳了！我愛妳！」確實如此。士道點了點頭。

「當然是真的呀。我最喜歡妳了，琴里。」

「……！」

琴里肩膀顫抖了一下，手指忐忑不安地抽動著。

「呃，啊，那……那個……我……我——」

「妳是我最親愛的妹妹吶！」

「——原來是那個意思呀啊啊啊啊啊啊！」

士道說完這句話的瞬間，琴里以看不出她剛剛還陷入沉睡中的敏捷動作翻轉身體，然後朝士道的頭使出一技飛踢。

「嗚呀……！」

被這股衝擊力擊飛的士道，臉龐再次陷進令音的胸部中。

「……嗯，你這麼快就回來啦。」

「對……對不起。」

士道連忙起身，然後迅速轉頭看向琴里。此時，琴里已經轉過身，往大門口走過去。

「琴里！」

「……幹麼啦！」

沒有回過頭，琴里相當不悅地開口說話。

以非常高傲而強勢的語氣如此說道。

讓人完全聯想不到她就是那個愛哭鬼琴里。

士道搔搔頭並且嘆了一口氣，然後看著琴里的背影說了一句話：

「……那條緞帶，非常適合妳唷！」

「……！」

琴里驚訝地回過頭來。接下來，與士道相視幾秒之後——

「……嗯。謝謝你，哥哥。」

輕聲說完這句話，琴里離開了艦橋。

# 後記

終於寫完琴里的故事了。在此為您獻上《約會大作戰DATE A LIVE 4 妹妹五河》。各位讀者是否喜歡這個故事呢？

由於已經預先在上一集留下伏筆，所以這集終於可以公開琴里的精靈型態插畫了。

關於琴里的靈裝、天使、識別名等，在決定之前其實歷經波折，最後才定案為和服風格。輕飄飄的羽衣與衣袖真的是非常漂亮！

呀~話說回來，看起來還真是性感呀。這一集的第一張彩頁應該是至今為止，最性感的插畫了。真不愧是琴里呀！不過，緊接在後的折紙的彩頁更加性感。真是個恐怖的女孩呀。

接下來，要在這裡向各位讀者報告一件事情。

本作《約會大作戰DATE A LIVE》的漫畫版外傳《デート・ア・ストライク》，即將在月刊《Dragon Age》四月號（三月九日出刊）開始連載。

《デート・ア・ストライク》是以ＡＳＴ巫師——鳶一折紙為主角的衍生作品。作者是鬼八

頭かかし。是一名擅長描繪可愛女孩、精彩動作場面與好看內褲的畫師。由於是衍生作品的緣故，所以會有特地設計的新角色與新裝備登場，希望讀者能愛烏及烏，也多多關照本作。

再者，本傳的漫畫版也預定在四月份的時候，於月刊《少年ACE》開始連載。作者ringo是一名畫風多變的畫師，令我十分期待。

然後，在《Dragon Magazine》上，則有珠月まや畫的《デイト・ア・オリガミ》四格漫畫正在連載中。折紙真是個恐怖的變態呀。

仔細想想，一口氣推出三本由同小說改編而成的漫畫作品，這應該算是相當豪華的規劃吧？話說回來，在這些作品之中，居然有兩部作品是由折紙擔任主角。面對這種異常情況，我不禁要說：「加油呀，士道！加油呀，十香！」

動畫化企畫也一點一滴地進行當中。且讓我們拭目以待。

在下一集——第五集當中，預定會有兩名精靈登場。

那麼，我們下集再會了。

橘 公司

Kadokawa Light Novels

# 黑色子彈 1 待續

Kadokawa Fantastic Novels

作者：神崎紫電　插畫：鵜飼沙樹

**人類即將滅亡——唯有他們是最後的希望！**
**一敗塗地的人類，少年將是救世主？**

不久的未來，人類敗給病毒性寄生生物「原腸動物」，被驅逐至狹窄的領土，帶著恐懼與絕望苟且偷生。居住於東京地區的少年里見蓮太郎是對抗原腸動物的專家「民警」，從事危險的工作。某天接獲政府的高度機密任務，內容是避免東京毀滅……

**NT$220/HK$60**

台湾角川

Kadokawa Light Novels

## Sword Art Online刀劍神域 1~9 待續

Kadokawa Fantastic Novels

作者：川原 礫　插畫：abec

**桐人發現自己掉進奇幻的「假想世界」中。**
**網路上獲得最多支持的超人氣篇章登場！**

「我叫尤吉歐。請多指教，桐人。」這名假想世界裡的居民，也是「ＮＰＣ」的少年竟擁有媲美人類的豐富感情。隨著兩人友情越來越深厚，桐人浮現出過去的某段回憶。自己曾和尤吉歐，還有一名有著金黃色頭髮的少女愛麗絲在一起……

各 **NT$190~260/HK$50~75**

台湾角川

Kadokawa Light Novels

## 想變成宅女，就讓我當現充！ 1~2 待續

Kadokawa Fantastic Novels

作者：村上凜　插畫：あなぽん

**戀崎為了在宅女之路上邁進，**
**開始跟宅女朋友一起角色扮演？**

戀崎突然說：「我想要宅女的朋友！」而前往漫畫研究社。在那裡與一位乍看之下很土（但卻是巨乳！）的女孩子意氣相合，還為了賺Cos服的費用在女僕喫茶打工？妳明明就會怕男人，這樣真的沒問題嗎？

台湾角川

各NT$180/HK$50

Kadokawa Light Novels

## 我被女生倒追，惹妹妹生氣了？ 1 待續

Kadokawa Fantastic Novels

作者：野島けんじ　　插畫：武藤此史

### 《變裝魔界留學生》作者&插畫家最新力作！美女的告白究竟是飛來豔福還是飛來橫禍？

高中男生一之瀨悠斗跟妹妹亞夢相依為命，他們因意外變得看得見靈，不過他們除了運用這個能力驅逐惡靈外，過著普通生活。然而一名少女除靈師突然向悠斗告白，「當我男朋友，我們限期交往吧？」「妳跟我哥不配！」妹妹反擊！校園魔幻愛情故事開幕！

台湾角川

**NT$180/HK$50**

## 神的記事本 1~8 待續

作者：杉井 光　插畫：岸田メル

Kadokawa Fantastic Novels

**一年前紅色噩夢的殘渣再現——**
**加速的尼特族青春故事第七集登場！**

年底到年初期間，連續出現了讓第四代大傷腦筋的麻將店詐賭事件。不知為何被叫去打麻將的我，竟在麻將店遇上了第四代的父親！以麻將店詐賭事件為首，好幾件乍看之下毫無關聯的事件都在緊迫的父子對決之下串連起來，喚醒了一年前的噩夢。

各 **NT$200~240/HK$55~68**

Kadokawa Light Novels

台湾角川

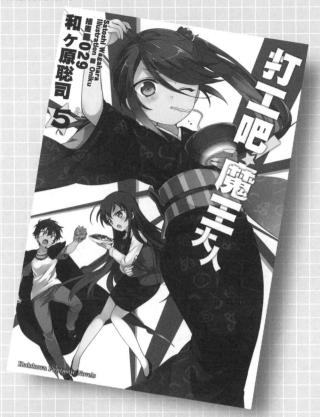

Kadokawa Light Novels

## R-15 1~7 待續

Kadokawa Fantastic Novels

作者：伏見ひろゆき　插畫：藤真拓哉

### 三位女主角的祕密
### 這次要讓你一覽無遺！

　　閃新聞的銷售數量銳減。面對這個狀況，天才情色小說家芥川丈途所想出的特輯便是「異種情色萌對戰特輯」！雖然只不過是將所有的東西都塞進去罷了，但他想將學園中的三位偶像們集中到度假勝地，享受Cosplay跟情色全新融合！

台湾角川

各 **NT$190~200/HK$50~55**

國家圖書館出版品預行編目資料

約會大作戰. 4, 妹妹五河 / 橘公司作 ; 竹子譯.--
初版.--臺北市 : 臺灣國際角川, 2013.02
面 ;　公分. --(Kadokawa fantastic novels)
譯自 : デート・ア・ライブ : 五河シスター
ISBN 978-986-325-156-9(平裝)

861.57　　　　　　　　101025759

Kadokawa
Fantastic
Novels

# 約會大作戰DATE A LIVE 4
## 妹妹五河

（原著名：デート・ア・ライブ4　五河シスター）

2013年2月14日　初版第1刷發行
2024年4月12日　初版第18刷發行

作　　者：橘公司
插　　畫：つなこ
譯　　者：竹子

發 行 人：台灣角川股份有限公司
總　　監：呂慧君
總 編 輯：蔡佩芬
主　　編：林秀儒
編　　輯：孫千棻
設計指導：陳晞叡
美術設計：吳佳昀
印　　務：李明修（主任）、張加恩（主任）、張凱棋

發 行 所：台灣角川股份有限公司
地　　址：104台北市中山區松江路223號3樓
電　　話：（02）2515-3000
傳　　真：（02）2515-0033
網　　址：www.kadokawa.com.tw
劃撥帳戶：台灣角川股份有限公司
劃撥帳號：19487412
法律顧問：有澤法律事務所
製　　版：巨茂科技印刷有限公司
ＩＳＢＮ：978-986-325-156-9